回乡记

周清 著

作家出版社

第一章

结果终于出来了，王学明仿佛沐浴春风，身心轻松愉悦。上午十时许，他步履轻松地去奚雨生的办公室报告喜讯。奚雨生端坐在真皮转椅上，一脸春色，笑脸相迎。他来到奚雨生面前说："老板，我在网上查到了，我们企业的一级资质批下来了。"

"是啊，这是值得高兴和庆贺的事。刚才建设局胡局长已打电话告诉我了。"奚雨生喜形于色，他指指桌子对面专门为客人备用的椅子，示意王学明坐下说话。

王学明以为自己是第一个让奚雨生知道这喜讯的人，原来他已经知道了，怪不得他满脸喜色呢。王学明坐下后说："有了一级企业的资质，公司的业务就不愁断档脱节了，施工的内容也不受诸多限制了。"

"是啊，这样一来，我们公司会越来越兴旺。学明啊，多亏了你的努力，才有这样的结果。这大半年来，你辛苦了。"奚雨生边说边递给王学明一根中华香烟。

又是表扬又是敬烟，这可是近年来奚雨生对他没有过的事。王学明有些感动，说："老板，没什么，这是我的分内工作。"

奚雨生换了个话题说："学明，我们要趁这次资质升级的契机,好好宣传一下我们企业。"

说到宣传企业的事,王学明马上有了自己的想法,他建议在办公楼的楼顶上做一个广告牌,这样好让更多的人知道,广厦建筑公司是国家一级施工企业了。奚雨生眼睛一亮,说这建议好,并把做广告牌的任务交给了王学明。王学明答应过了春节,一上班就着手操办这事。可奚雨生却说,晚做不如早做。说一级资质在春节前及时批下来,这对公司过一个喜庆的春节无疑是增光添彩。现在,何不再来个锦上添花,在春节前就把广告牌搞好。

离春节放假还有不到半个月的时间,要完成钢结构的制作、安装、油漆;广告公司的联系、设计、制作和安装。这一系列的工作要在这么短的时间内完成,王学明认为时间太紧了。可奚雨生却说,只有在春节前搞好了,才更有意义。他知道,换了别人,这事恐怕还真不行。再说,你王学明不是干什么都行吗,那就让你再接再厉吧。奚雨生好像想起了什么,表情突然有了些许变化,两只滴溜儿圆的眼睛中掠过一抹令人难以捉摸的神色。

"老板,这么短的时间要完成偌大的广告牌确实有难度,所以你得支持我。"王学明想,自己为企业资质升级的事耗费了那么多的心血,现在,岁末年终,就差这事办不好,一年的工作,不就功亏一篑了?

奚雨生说:"这你放心。而且,只要是为广告牌的事,你只管自行做主,不用向我请示汇报。"

这话让王学明吃了颗定心丸。在商量广告牌的尺寸大小时,奚雨生说,就做十八米长,六米高,并说这两个数字都吉利。王学明说:"好,就按这尺寸做。"

广告牌的事刻不容缓,必须马上付诸行动,王学明起身告辞。

奚雨生忽然想起一事,朝走到门口的王学明说:"前天市质监站的人来工地检查质量，生产科的小马说了些不该说的话。你去找他谈谈，好好批评他一下。"

王学明说："我也听说了。不过，小马的业务水平和工作能力还是可以的。毛病是说话不知深浅，也不注意场合和对象。"

"怎么好得罪他们，真不知天高地厚。"奚雨生并不理会王学明的话，自顾地说。

"也许是初生牛犊不怕虎，这可能与他刚大学毕业、社会阅历浅有关。"王学明再想为小马说几句好话，可见奚雨生的脸色不好看，便收住了话头，转向说，"我先去找他谈谈，估计等他有了些阅历，受些挫折，慢慢会改变的。"

"嗯，也许吧。"奚雨生说完靠在椅背上，闭上眼睛，一副不想再说话的神态。

王学明刚想离开，突然想到自己刚才说的"初生牛犊不怕虎"，今天早上去买菜时也想起过这句话。他觉得好笑，便鬼使神差地回了过去。

公司的高层管理者，同住在镇区的一个别墅小区内，王学明和奚雨生两家也就相隔几户人家。今天早上，王学明起得早，盥洗完毕后上街去买菜。季节已入三九，草木萧森，百虫蛰居。清晨，霜重如雪，大地万物白茫茫一片。王学明身着羽绒服，两手斜插在口袋里出了门。风不大，却刺骨地冷，他的耳朵冻得发痛，便把羽绒服的帽子拉起来戴上，感觉暖和了许多。房屋旁水泥路面的小径被霜水冻得打滑，王学明小心翼翼地走着的时候，突然发现前面不远处有一大三小四只老鼠，从小径的一侧向另一侧悠然地鱼贯而过。王学明感到好奇，便放慢了脚步，并提脚跺了一下路面，看老鼠们的反应。老鼠们发现了他，可没他想象的那样,会立即逃窜而去,而是停在那里,一只只抬起头瞪着眼注视他。大概它们在想,你是谁?想干什么?王学明边走边与老鼠们对视着,心想,你们的胆子也太大了吧。当他快走近它们时,又提腿使劲跺了一下。这时,老鼠们仿佛才意识到危险将临。那只大老鼠吱的一声掉头便走,箭一般向附近一个枯萎的草丛逃遁而去,三只小老鼠在大老鼠的招呼下,吓得一纵一跳,紧随其后,相继钻进了草丛。

好奇使王学明走近那丛枯草。他拨开枯草一看,原来,里面有一个洞穴,洞口不大,勉强能使老鼠进出。看来,这洞穴就是这一家老小的家了。他发现,被严霜覆盖的地面,就这一丛枯草上湿湿的没有霜,应该是老鼠们身上的热量所致。看来,洞穴并不深。王学明没有再打扰它们,而是用周围的枯草重新把洞口覆盖好,然后拍去手上的草屑,上路买菜去了。

一路上,王学明感到奇怪,这么冷的天气,老鼠怎么会出洞呢?是出来找食物还是另有原因?而且怎么会正好与我相遇呢?而且相遇了它们不是立刻逃遁,而是与我对视呢?就算小老鼠"初生牛犊不怕虎",可大老鼠应该知道怕人呀。如果我不用脚跺地吓唬它们,它们会怎么样呢?人们常说一早遇上蜘蛛(这里的方言也叫喜喜)是喜事,那么,清晨遇见老鼠是喜还是祸呢?难道这预示着什么?或者说有什么征兆?王学明百思不得其解。心想,也许就是一次偶遇吧,像天上突然出现飞鸟,面前出现路人一样,一次邂逅而已。可还有一个使他不得其解的问题是,小区里这么多野猫家猫,怎么还有老鼠出没呢?而且还是悠然自得的一家子。真是怪事,王学明真有些想不明白。想不明白,不想也罢。这时,他已来到了菜场门口。

"还有事？"奚雨生见王学明回过头来，皱了下眉头。

王学明觉得早上遇见老鼠的事是件稀奇事，想说给奚雨生听听，便笑了笑说："老板，早上我去买菜时，在我们小区里遇见一群老鼠。"

"什么老鼠不老鼠的。老鼠有什么好稀奇的。"奚雨生瞪了他一眼，阴下脸说。

王学明没有注意奚雨生的表情变化，继续兴致勃勃地说："小区里有老鼠并不稀奇，稀奇的是我看到一群老鼠，一只大老鼠和三只小老鼠。"

"嗯。"奚雨生冷冰冰地回应了一下。

王学明发觉奚雨生的声音有些不对劲，便注意他的表情，见他不但不感兴趣，而且脸色也冷冰冰的显得阴沉。

王学明正在兴头上，并不顾及奚雨生的神情变化，更不想终止说了一半的稀奇事，继续说："这么冷的天，小老鼠跑出洞外怎么没有被冻死呢？而且，小区里这么多家猫野猫，这些老鼠怎么没有被吃掉呢？就算大老鼠能逃脱猫的追捕，可小老鼠应该被吃掉呀。"

"好了！好了！不要再说了！干你的正经事去吧！"奚雨生怒容顿生，声色俱厉。

王学明一怔，刚才还好好的，怎么突然间发起脾气来了。事态的突然变化，让王学明丈二和尚摸不着头脑，便匆匆离开了他的办公室。

王学明回到自己的办公室，喝了口茶，开始回想在奚雨生办公室里后来说过的话。除了说老鼠的事，其他什么也没有说啊，奚雨生怎么就突然变脸了？真是莫名其妙！

第 二 章

　　王学明以优异的成绩毕业于省城的一所建筑工程学院。毕业后，他放弃留校和在省城工作的机会，准备回家乡工作。可父母并不支持他的想法，说好男儿应该志在四方。他对父母说，虽说好男儿志在四方，但回家乡发光发热也是年轻人应有的担当。

　　回家后，王学明选择在本镇的广厦建筑公司工作。他报到时，董事长兼总经理奚雨生如获至宝。当时，公司就他一个本科大学生，因此，奚雨生拿他当宝贝、当招牌。

　　王学明一米七五的个子，五官端正，面色白净，戴一副细腿无框近视眼镜，一副温文尔雅、斯斯文文的样子，可和他打过交道的人都知道，他是个外柔内刚、办事干练的人。他喜欢西装革履，给人以端端庄庄的感觉。他虽算不上相貌堂堂，可粗一看，也略有几分帅气，眉宇间还有几分灵气。右眉靠中间一颗浅棕色的痣有些醒目，一次旅游时，他从地摊上的相面书上得知，这痣意味着聪明、命好，也不知是真是假，他付之一笑。

　　王学明刚进公司时，奚雨生为他单独安排了办公室。可他不想刚踏上社会就坐办公室，要求去工地上班。奚雨生满足了他的要求，安排他去一个刚开工的重点工程工地，让他担任该工程的技术负责人。该工程市建设局要求拿"姑苏杯"奖,这对刚大学毕业的王学明来说,既有压力又具有挑战性。他很快进入工作状态。除了研究图纸、做工程资料,他很少待在工地办公室。他头戴安全帽,手握图纸,顶烈日、冒严寒,和工人们打成一片,在工程质量上不敢有半点马虎。工程竣工后,通过验收,工程居然获得了"扬子杯"奖。这不但为奚雨生的脸上争了光,而且为市建设局局长的脸上添了彩。奚雨生明白,这殊荣的获得,王学明功不可没。通过这工程,王学明展示出了他的才华和实力。几年下来,王学明积累了丰富的工作经验,得到了广泛的赞誉。他深得领导的器重、干部职工的敬重。他从工地到科室,从科室到公司的高层,踏踏实实,一步一个脚印往前走。自己进步的同时,也为公司创造了业绩,赢得了声誉。市建设局的领导几次向奚雨生求贤要人,奚雨生哪里肯放。这事,王学明本人不知道,奚雨生也不会告诉他。

王学明有两个高中同学在镇上的两个要害部门供职,一个是分管工业和市政建设的副镇长郭敬涛,一个是建管所所长茅旭宏。对广厦建筑公司来说,这俩人都至关重要。王学明担任公司的高层管理者后,凡去镇上办理有关建筑工程的事,奚雨生便常常让他出面。去镇上的次数多了,王学明与镇上包括镇长在内的许多领导都熟了。镇领导有些该找奚雨生办的事,也找王学明代办了。王学明能自作主张办的事便直接办了,不能自作主张的事便去汇报奚雨生。一次两次不要紧,次数多了,奚雨生就有了想法,究竟我奚雨生是老板还是你王学明是老板。镇上那些领导也真是的,怎么我奚雨生变成了王学明传达你们指示的对象了?真是岂有此理。慢慢地,在王学明面前,奚雨生的脸就变得长了、阴了、冷了。

奚雨生认为，王学明和镇上的领导关系好，一是得益于他的两个同学，二是与他经常请他们吃吃喝喝有关。奚雨生想剥夺王学明的请客权，但一想又不合适，工作上好多事要他出面去办，再说，他是副总经理，享有这个权力。奚雨生一时没有好的办法，但心里有疙瘩，就难受。所以，每当王学明去签餐饮发票时，他总要横看竖看，问这问那。当问到就餐的客人是镇上的领导时，他的脸色就变得难看，眉头就皱成疙瘩，审核得就更加认真，问得更加仔细。可审来问去又看不出问题，问不出明堂。他想，常在河边走，哪有不湿脚。奚雨生暗里留着心，想法子寻机会找王学明的碴儿。

机会终于来了。一天，王学明又拿着一沓发票来到奚雨生办公室。当签到餐饮发票时，奚雨生瞪大了两只滴溜溜的眼睛，又是看又是问。突然，他仿佛沙砾中发现了金子，眼中映出光来。

"王学明，这两张发票上的编号怎么是一样的呀？"奚雨生面无表情，奸笑藏在幕后。

"不可能吧。"王学明嘴上这样说，可心里却咯噔了一下。

"难道我说错了？你自己看吧。"奚雨生语气冰冷，把两张发票扔给站在桌子对面的王学明。

王学明心中无鬼，所以并不在意。他拿起发票一看，两张发票的角上，有一行阿拉伯数字还真是一模一样。心想，这是怎么回事？

"咦。这是怎么回事？"这时，他想起了一个科长开假发票报费用的事，这事被奚雨生发现后，专门召开了中层以上的干部会议，这个科长不但作了检讨，还被扣了半年的奖金。今天，尽管他心底磊落，可总有些忐忑。

"怎么回事，你自己最清楚。"奚雨生的脸阴了下来。

"老板，我怎么最清楚呢？就算发票有问题也不是我的事呀。"王学明心里感到不适。

"好了，不要强词夺理了。"奚雨生板起了脸。

"……"王学明气得一时无语，把脸扭向一边。

奚雨生以为他理屈词穷，便换了一副面孔，口气缓和下来，说："学明啊，人要知足。君子爱财，取之有道。我给了你权力，给了你待遇，可也不能这样滥用权力，用开假发票的方法来获取利益呀。"

奚雨生以为点到了问题的要害，有些得意。见王学明的脸变了色，他靠在椅背上，悠然地点了支烟，深深吸了一口，有些陶醉。

王学明终于明白了奚雨生的意思，面色便恢复了正常："老板，你说我开假发票报费用？我怎么可能做这种事呢。"

"还不承认？我问你，两张发票上的号码怎么会是一样的？这怎么解释？"奚雨生的口气有些阴阳怪气。

"我也不知道，也许本来就是一样的。"王学明的口气有些生硬。

奚雨生淡淡一笑，说："照你这么说，是我不懂了，是我冤枉你了？"

奚雨生本来不想把事情闹大，只想借此敲打一下王学明，一来让他少去镇上跑动，二来自己有把柄在手，今后他一旦有"越轨"行为，就可以把他开假发票报费用的事公布于众，让他名声扫地，哪知他死不认账。便说："好吧，你说也许本来就是一样的。我把财务科长叫来，我可能不懂，她会懂的。"他拿起了座机电话。

不一会儿，财务科长于慧芳来了。

"于慧芳,你看看这两张发票,角上的号码怎么会是一样的?"奚雨生指着王学明手中的发票说。他没有把前面发生的事说给于慧芳听。

于慧芳没有看两人的脸色,也不知道两人前面发生了什么。她从王学明手中接过两张发票看了一下,笑笑说:"老板,这是税务代码,本来就是一样的呀。"说完把发票放在奚雨生的面前。

"噢,原来是这样。"奚雨生的脸红了一下,朝于慧芳说,"没事了,你可以走了。"

奚雨生做老板后,他手里经过的发票无数,可他从来没有留意过那些印在角上的、细小的阿拉伯数字,这次为了捉王学明的漏洞,找他的碴子,哪知弄巧成拙,他心里懊丧极了。

噢,原来是这样。王学明心里也说了一句,感激地看着于慧芳离去的背影。

"学明,错怪你了。我还真是不懂,今后就知道了。"于慧芳离开后,奚雨生边说边把剩下的几张发票签完。

见奚雨生认了错,王学明也就不再计较,说了句:"如没其他事,我就走了。"

"嗯。"奚雨生冷冰冰地说。

王学明回办公室后,想起刚才的事,心里有些堵。奚雨生今天怎么啦?我好歹是个副总经理,签个餐饮发票你用得着这样认真?真是莫名其妙。当他不得其解的时候,见李怀善路过他的门口向楼梯方向走去,心里豁然开朗。难道为这事?

李怀善是常务副总经理,公司的二把手。进公司前他上的是电视大学,学的是工业与民用建筑专业,好歹算个大专生。他进公司时,是公司学历最高的技术人员。他平时不轻易得罪人,但他做人做事都有原则。他比王学明先几年进公司,虽说先进山门为大，但他敬重王学明的学历和能力，从不在王学明面前倚老卖老，遇到问题还经常请教于他。所以，两人不但在工作上而且在个人感情上结下了友谊。他的办公室在王学明的东隔壁，无论公事还是私事，两人喜欢串个门，切磋交流一番。前天，李怀善又来到了王学明的办公室，进门后返身把门关上，行为有些诡秘。王学明看他这样子，猜不透他的意图，好奇地看着他。李怀善坐下后开门见山地说："学明，今后如没要紧的事，少去镇上跑动。"王学明不解，问为什么。李怀善直言不讳地说："多去了奚老板会有想法的。"

王学明一副无所谓的态度，说："这有什么想法，我也是为了工作。即使有时无事去坐坐，也是去我老同学那里喝杯茶，聊聊天。"

"正因为你有两个老同学在那里，而且和镇长等领导混得熟了，奚老板才感到有压力。"李怀善笑着说。

"有压力？什么压力？难道我会觊觎他总经理的位置？"王学明也笑着说。

"你认为他没有这想法？"李怀善收起了笑容。

"他也太敏感了吧？"王学明感到既可笑又不可思议。

李怀善说："不是敏感，他是有危机感。学明，奚雨生是个精明的主儿。你刚进公司时他器重你，是看中你的学历和能力，说得难听点，他是在利用你而不是重用你。现在，他见你的影响力无论在公司内部还是在外部均日益攀升，在镇上领导的眼里，你的分量已不在他之下，他能不有所防范吗？能不忌惮你吗？"

王学明听后沉思良久，然后说："怀善，这些话你为什么不早告诉我呢？"

"平时，我才不关心这些事呢。"李怀善沉思片刻，继续说，

"我今天只是提醒你一下。昨天我去他那里汇报工作,他和我谈起你常去镇上的事,口气中暴露了他的想法。这想法别人不能理会,我可一听就明白。"

"噢?"王学明等着李怀善的下文。

"学明,奚雨生不但担心你的影响大了会撼动他的位子,而且还担心,别人会用以其人之道还治其人之身的方法谋取他的位子。"

"此话怎讲?"王学明想打破砂锅问到底。

"这只有知道奚雨生是怎样当上公司老板内幕的人才能理解,我知道些皮毛,所以,我能理解他的言外之意。"李怀善说到这里便打住了。

"他的内幕?能不能透露一二?"王学明更加感起了兴趣。

"当然可以。"李怀善看了一下门口,门关着,便说开了奚雨生的过去。

奚雨生的前任比他大几岁,是镇上从其他单位调到广厦建筑公司来的。此人在原单位是一位副职,对建筑业和施工管理虽是外行,但他工作兢兢业业,虚心好学,而且他懂得怎样用人。正当他工作得得心应手、企业开始欣欣向荣的时候,企业领导班子的改选工作开始了,而且建筑行业首当其冲。

奚雨生高中学历,那年代,算得上是个文化人。可凭他的出身,提干、当兵、进工厂的好事降不到他的头上。农村有句俗话,叫"荒年饿不着手艺人"。他听从父亲的教诲,去学了泥瓦匠。奚雨生的父亲有一颗精明的脑袋,认为泥瓦匠虽算不上十分体面的手艺,可从师学艺时间短,工价也不比其他行业低。学木匠、裁缝等手艺要学三年,出了师还要帮师,而学泥瓦匠只要一年时间就能出师,就能给家庭带来收入。而且他认为,三百六十行,行行出状元,泥瓦匠学精了,同样可以做大师傅,做包工头。奚雨生不但有文化,还像他父亲一样有心计,更主要的是他敬业。他不负父望,没几年就成了远近闻名的年轻大师傅。逢年过节,奚家门庭若市,徒子徒孙们提着礼物连绵不断登门谢师。

奚雨生名声在外,很快引起广厦建筑公司领导的注意,通过商谈,他带了一班得意门生及工人,被"招安"进了建筑公司。因为他手下有兵有将,所以,一进公司就当上了施工组长。奚雨生有文化、技术过硬,没多长时间就被公司推荐到施工管理培训班参加培训。培训后,他看得懂图纸,掌握了规范,懂得了管理。尔后,他当上了项目经理,成了一个能独立管理一个项目部的中层干部。

奚雨生从一个施工组长到项目经理,一步一个脚印,踏踏实实往前走,企业领导班子改选时他已经是公司的副经理。改选时的半年前,镇工业公司经理袁桂生家里翻建房子,广厦建筑公司承担了施工任务。公司安排奚雨生负责施工,开工后,奚雨生每天亲临施工现场,深得袁桂生的好感。工程竣工后,在结算工程款时,奚雨生大笔一挥,大放一马,虽然公司蒙受了经济损失,却让袁桂生对奚雨生很是感激了一阵子。

领导班子改选时,奚雨生看到机会来了,在一个月黑风高的晚上,他带着好烟好酒去了袁桂生的家。

奚雨生顺利当上了广厦建筑公司的一把手。而他的前任则以外行难以领导内行为由,被调到镇工业公司当了一名没有实权的副手。

李怀善是怎么知道其中内幕的呢,因为袁桂生家建房时,他是现场施工员,工程进度和质量的好坏都在他掌控之下,而且和袁桂生接触的时间比奚雨生还多,所以,两人也结下了友谊。李怀善后来在一次与袁桂生的交谈中,袁桂生无意间透露了一些情况。当然,这事奚雨生是不知道的。

李怀善最后说:"所以,今后没事你还是少去镇上,否则,对你不利。"

王学明听后说:"怀善,谢谢你的提醒和忠告。但他这是在以小人之心度君子之腹,我才不把心思用在这上面呢。"

奚雨生懂得官场潜规则,深知自己的位子来之不易,来得也不太光彩。他发现王学明不但在镇上的影响越来越大,而且与镇长的关系也非同一般了,所以就有了防范之心。有一次他去镇长那里汇报工作,镇长朝他说:"奚老板,你公司的小王是个人才,不但学历高,而且能力强,是块材料,要好好培养。"

奚雨生已不止一次听到镇长夸赞王学明,今天又见夸奖他,嘴上应着是是是,心里却五味杂陈。听镇长的口气,还真让人担心。企业虽然转制了,可镇上在公司还持有百分之三十的股份,而自己的股份也只占百分之三十,公司的重大事情自己还不能一个人说了算。说不定什么时候王学明那两个同学去镇长那里一念叨,我这位子就成为他王某人的了。想到这儿,他脊背生凉。不行,我得有所防范,或者干脆找个理由,把他副总经理的位子撸了再说。

想到上一次为发票的事找他的碴儿,可到头来却弄巧成拙,自取其辱,还向人家认了错。奚雨生每每想到这些,就恨得咬牙切齿。

后来,王学明负责镇上的下水道改造工程时,奚雨生终于找到了把他整下去的机会,可没想到王学明把自己给救了。

正当奚雨生想着法儿要找王学明麻烦的时候,市建设局胡局长一个电话把他召了去。来到胡局长办公室时才知道,胡局长要他尽快把他们广厦建筑公司从二级资质升至一级。他一脸苦相地说:"局长大人,这事我也想过,可我公司不合条件呀。"

"不合条件就不能想办法了?"胡局长严肃地看着他说。

奚雨生说:"办法好想,可谁有本事办得了这些事呀。我知道,有些事说起来容易,可办起来就不容易了。"

胡局长说:"我知道不容易,要是容易了,不谁家都可以升一级企业了?你公司已具备了一级企业的施工能力,为什么不争取一级企业的资质呢?"

奚雨生说:"胡局长,我何尝不想,我做梦都在想,可有些资料不是轻易能补齐的,这牵涉到很多方面、很多部门,谁有本事去补齐这些东西呀。"

胡局长说:"我的奚大老板,我说你是真糊涂还是装糊涂。你公司不是有一个王学明吗?这样的人才放着不用,还向我哭穷,说没有人能办这事。"

奚雨生知道王学明可能行,可想起前一阵的事,心里又有了疙瘩,但想想又没其他人选,只得无奈地说:"他可能行,不过,到时候还得你局长大人,和下面各部门的头头脑脑鼎力相助才行。"

胡局长说:"这你放心,局里任何部门、任何人都会为你们开绿灯的。"

就这样,奚雨生后来不但没有为难王学明,而且不得不摒弃前嫌又重用了他。王学明不负众望,攻克了一个个难以想象的难关,大半年的心血终成正果,企业资质顺利晋级。

第三章

王学明心里放下奚雨生突然变脸的事，立即去办广告牌的事，这事刻不容缓。幸好，总公司下设有一个钢结构厂，否则，这事还真不好办。

王学明来到钢结构厂，把厂长、技术科长、生产科长、车间主任、生产组长召集在一起开了个紧急会议。

钢结构厂厂长高玉贵长得五大三粗，性子火暴，一听这么短的时间内要完成这一任务，便急了起来，亮着嗓门说，没几天工人就要放假了，几天之内要完成这任务，恐怕不行。

王学明说："时间不紧，我就不会来开这紧急会议了。"他顿了顿提高声音说："高厂长，还有在座的各位，任务完成之时，我为你们在奚老板面前请功。"

"好！说干就干，散会！"高玉贵只要把任务接下来，做事不含糊。

王学明把钢结构厂的事安排好后，风急火燎地开车向市区赶去，找他在一家广告公司做老板的同学去了。

"什么，你想在春节前把这么大的广告牌在楼顶上竖起来？开什么玩笑。"黄义刚边给王学明沏茶边说。

"老同学，我知道有难度，但这个忙你必须得帮，时间依我的，价格听你的。"王学明说得干脆。

"不是价格问题，是时间问题。我的老同学，你看看已经什么时候了，人家都在忙过年的事了。"

"这我不管，我这也是在忙过年的事，而且是我年前最大的事。"王学明把话说得死死的。

"好吧，为了成就你，这业务我接了。不过，有一事我必须向你说明。"虽有难度，在老同学面前，黄义刚还是把这事应承了下来。

"请讲。"

黄义刚说："我们公司现存的广告布都是普通布料，你们的广告牌面积这么大，而且安装在你们办公大楼的楼顶上，所以，这种广告布能否抗大风，能否经得起长年累月的日晒雨淋，我可不敢保证。"

王学明一听急了，说："这可不行！按你这么说，安装好后，经大风一刮，这广告布就有可能完蛋？"

黄义刚两手一摊，说："我也没办法，我公司现存的只有这种货。"

"不行！你得保证广告布三年之内不坏，最少也得两年。否则，我无法向我们公司交代。"

"那你叫我怎么办，我自己又不会生产，即使能生产，时间也来不及了。"黄义刚一脸为难。

"你这人真是死脑子，不会去采购吗？"

"你说得轻巧，临近年关，你叫我去哪里采购？"

"这还要我教你？你们平时去哪里采购的，联系一下不就可以了？"王学明又想说他死脑子，可话到嘴边又咽了回去。

"这还用你教？我清楚得很，我们平时采购的几个单位都没有高档布料。除非预订，可现在预订已来不及了。"

"你先不要下结论，先联系了再说，或许哪一家有呢。"

黄义刚苦笑了一下，说："你这人真难缠，我今天出门怎么没有翻翻老皇历，怎么会遇上你。"

"怎么？生意上门不欢迎？"王学明笑了笑说。

"这种生意不做也罢。一年忙到头，年前本来想轻松几天，看来，这个美好的愿望泡汤了。"黄义刚苦笑着摇了摇头继续说，"好吧，你先不要走，听我一家家打电话，如果哪家有，算我们运气好，如没有，就真的没办法了。"

黄义刚联系了无锡再打苏州，打了苏州再联系常州，把周边几个城市平时的供货商问了个遍，也没有谁家有那种上等的广告布料。黄义刚打完电话，朝王学明两手一摊，说："你都听到了吧。"

"除了这些供货商，再没有其他商家了？"王学明仍不死心。

黄义刚见王学明这样执着，想了想说："有倒是还有一个地方，但我拿不准有没有。"

"哪里？"王学明眼前一亮，似乎看到了希望。

"常熟的商贸交易市场。不过，这要去淘。"黄义刚说完就感到后悔，这无疑给自己出了一道难题。

"那就去淘呗，常熟又不远，一小时的车程。好了，老同学难得求你一次，就不要推三托四了。明天你替我跑一趟，我在家等你的好消息。"王学明兴致勃勃地说。

"好吧，看来这一关我还非过不可。"黄义刚无奈地摇了摇头说。

王学明看看谈得差不多了，起身拍拍黄义刚的肩膀说："老同学，拜托了。"两人握手告别。

次日，王学明在办公室满怀希望地等黄义刚的好消息。下午两时许，他等得心里烦躁快要失望时，黄义刚终于打来了电话："王学明啊，为了你这家伙，我快跑断腿了。跑了几十家店，还真被我淘到了。"

"太好了！太感谢你了！你真是我的好同学。"王学明高兴得站起来边接电话边手舞足蹈。

"先不要谢我。有一件事我得向你说清楚。"

"还有什么事？"王学明心里一紧。

黄义刚说："我今天淘到的只是一段卖剩的零头布，比我们需要的面积大了三分之一。可他们不愿裁开卖，要买就得全部买下，否则他不卖，而且价格也不让，所以，这买卖我还没有和店家成交。你看怎么办？"

王学明不假思索地说："那也得买呀，不能因小失大，这事就这么定了。"

"要不要向你们奚老板汇报清楚，不要到时候价格高了他有想法。"

"没问题，这主我还是做得了的。你不要小看了我，我毕竟还是公司的副总呢。"王学明一高兴，说话也就自信满满。

"那好，就这样定了。"黄义刚放下心来说。

广告布的事落实了，王学明放心了许多。剩下的事，钢结构制作是一根难啃的骨头，虽然高玉贵做事不马虎，但毕竟时间太紧了，而且如真的来不及，高玉贵真要掼起纱帽来就很难再替他戴上了，看来得抽空多去督促才行。正想到这里，高玉贵打来了电话。真是想到曹操，曹操便到。王学明心里一紧，不会真有事吧？

"王经理，情况有点不妙。"高玉贵粗声大气地说。

"什么情况？"王学明一怔。

"有些外地工人已经请假提前回家过年了。剩下的即使在上班也是心不在焉，我让他们加班并答应加班工资照付，有些人也不愿干。有人提出除非加班工资双倍才愿干。王经理，你看这事……"高玉贵情绪有些低落，说到后来，完全没有了一开始大亮嗓门的气势。

"双倍就双倍。高厂长，你答应他们。"王学明回答得干脆。

"王经理，这事奚老板那里能通得过吗？"高玉贵明白，付双倍加班工资，得奚雨生同意。

"你先答应他们，奚老板那里的工作我来做。你赶快抓紧安排放样制作，这事刻不容缓，关键时刻你也跟工人们一起加班。"王学明提高嗓门说。

"好吧，我尽力而为。"话虽然有些勉强，但总算答应了。

"不是尽力而为，而是要保证完成任务！"王学明还没说完，电话里就传来了嘟嘟嘟的声音。他知道，这句话高玉贵根本就没有听他说完。

搁下电话，王学明开始担心起来。如果工人出勤不足，或不愿加班，就会出问题。不行，我晚上得去看看，必要时和工人们一起加班。

王学明晚上有个应酬，是公司宴请一个建设单位的领导吃年夜饭，王学明以身体不适为由拒绝喝酒。宴席刚结束，他就换上了放在车上平时备用的工作服，风风火火开车往钢结构厂赶。

"王经理，这么晚了你还来？"见王学明身穿工作服，头戴安全帽来到车间，高玉贵感到意外。

"我来和你们一起加班，快安排我工作。"王学明笑着说。

"我可不敢安排你的工作。况且,安排工作是车间主任的事。"高玉贵更没想到他是来干活的。

一旁的车间主任听了笑着说:"那我就更不敢安排了。"

"好吧,你们不安排拉倒,我自己找活干。"王学明说完,便和工人们一起搬角铁去了。

王学明去过广告公司的第三天上午,黄义刚打来了电话,说设计方案出来了,要他去在三个方案中选一个。王学明风风火火赶了过去,选了其中的一个。黄义刚高兴地说:"英雄所见略同,我也认为这个可以。"

"那好,就这样定了。"

"要不要给你们奚老板审核一下?免得到时候他有异议。"黄义刚提醒说。

"不用了。一来时间紧,二来他的眼光怎能和我们俩比。"王学明笑着说。

"这倒也是。那我们就开始制作了。"

"对,赶快制作。我估计钢结构的制作到明天晚上也差不多了,后天就可以安装了。安装好后立马刷油漆,等油漆一干,广告布就立马安装。如天气帮忙,不出五天,便可大功告成了。"王学明胸有成竹,如意算盘打得噼啪响。

黄义刚说:"我们的工作没问题,我担心的是你们的钢结构制作和安装是否能跟得上。"

"这你不用担心,我们正在日夜奋战呢。"王学明显得信心十足。

黄义刚听王学明的声音有些嘶哑,认真看了他一眼,发现他两眼布满血丝,人也瘦了一圈,疑惑地问:"难道你和工人们在一起加班?"

王学明说："是啊，这有什么好奇怪的。"

"老同学，我说你这是何必呢。你还担心工人们不会做，还是不愿做？"

王学明笑笑说："倒也不是。我去了，多少能起点作用。以前不是有句话叫作'干部带了头，群众有劲头'吗？你还不要说，要不是我每天去和他们一起加班，进度不一定有这么快呢。"

"这是你的工作方法，也是你的思想境界。到时候希望你们的奚老板在年终总结会上，能将你的功劳带上一笔。"

王学明笑笑说："但愿如此吧。"说完，起身告辞。

吃过晚饭，王学明身穿工作服，头戴安全帽，又来到了钢结构厂。

"王经理，室内工作完成得差不多了，今天你就别加班了吧。"高玉贵见王学明眼中布满血丝，有些疲惫的样子，心疼地说。

"不行，最多还有两个夜班了，我得自始至终。"

见王学明说得坚决，高玉贵不好再说什么。车间里灯火通明，人影憧憧。铁件的碰撞声，砂轮机的切割声，电焊机的吱吱声，工人们的相互招呼声，好一个热闹的劳动场面。

十时许，只听有人大叫："不好！王经理摔倒了！"

听到叫喊的工人停下了手中活，向王学明那里看去。高玉贵等几个管理人员已向那里奔去。

高玉贵等人来到王学明身旁时，王学明已爬了起来。他边拍身上的铁灰边笑着朝大家说："没事，不小心摔了一跤。"他看人有些模糊，发现眼镜摔掉了。当他找到眼镜戴上时，发觉右眼看到的人和物成双成对，知道右镜片摔裂了。

"还说没事，脸都摔破了，赶快去医院。"高玉贵见他脸上有血，心里为他难受。

王学明将手一捋,发觉满手是血。刚才摔倒时没感觉,现在经手一捋,才感到疼痛难熬,知道脸磕在角铁上了。

血还在出,高玉贵和车间主任一起,把他架出车间,向高玉贵的汽车走去。车间主任也要去医院,王学明坚决不同意,说车间里正忙着,缺不了他,他也就没再坚持。

上车后,高玉贵在面纸盒里抽了十几张面纸给王学明,让他按住还在出血的脸。两人来到镇人民医院的急诊室时,时间已过了十一点。经医生一查,还算好,只是跌破了皮,但裂缝较长,缝了十几针。医生说,脸上留下疤痕是肯定的了。

这几天,王学明确实很辛苦,摔倒前,他又累又饿。当他扛着一根角钢向砂轮机走去时,突然眼前一黑,摔了下去。如果再向前几步摔下去,他的头就有可能摔在高速飞转的砂轮片上,真要是这样,就出大事了,真是不幸中的大幸。

伤口处理好后,王学明要和高玉贵一起回厂,医生没同意,说为了防止伤口感染,要挂水消炎。王学明没办法,只得躺到病床上,听从医生和护士的摆布。高玉贵走后,他给妻子打了个电话,说单位有事今天不回家了。

次日一早,王学明准时到公司上班,大家见他脸上贴着纱布,不知发生了什么事,他笑笑回答别人说:"昨晚不小心摔了一跤。"

背后有人议论说,这几天王经理应酬多,可能是喝多了酒摔破脸的。

李怀善问他时,他只得实话相告。李怀善怪他不该每天去加班,可摔也摔了,不便多说。

李怀善把王学明跌破脸的事原原本本汇报到奚雨生那里,奚雨生听后冷冷地说了句:"还怕工人们不会做?他这是自讨苦吃。"

李怀善听后感到不解,也不便多问,看了一眼奚雨生,便悻悻地离开。

第四章

王学明跌破脸的第三天，广告牌钢结构构架的室内制作终于完成，比原计划提前了两天。王学明心里一块石头落了地。这几天天也帮忙，虽然天寒地冻，但风轻云淡，阳光明媚，没有一点儿雨雪迹象。

在楼顶安装钢结构构架时，王学明身穿工作服，头戴安全帽，亲临现场指挥。关键时刻，他不敢有半点马虎大意，特别在安全施工方面，更不能出一点儿纰漏。岁末年终，出了安全事故，可不是闹着玩的。那天晚上，摔倒的幸亏是他王学明，要是换了哪一个工人，事情就麻烦了。

钢结构构架的安装，两天内如期完成，油漆工程一天也全部结束。万事俱备，只欠东风，余下的工作就是广告布的安装了。黄义刚说，这工作一天就能完成。

广告牌安装竣工的那天，居然离春节放假的时间还有五天，这是王学明没有料到的。奚雨生更没有想到，偌大一个广告牌，这么快就制作安装结束了，心里赞扬着王学明。想到他一心扑在工作上，特别是今年，他为企业资质的升级，更是作出了不可磨灭的贡献。为树立公司形象，也为树立他奚雨生的形象，为了赶时间，他和工人们一起加班加点，还劳累得摔了跤，破了相。心想，在年终工作总结会上，应该为他重彩浓墨地添上一笔，这样，在公司全体管理人员面前，也算有个交代。可想到那次他当着自己的面，大谈什么小老鼠怎么不被猫吃掉、不被饿死冻死的事，心里又恶意顿生，又老大不愿意了。就在奚雨生考虑要不要在年终总结会上，肯定王学明的成绩而表扬他时，黄义刚拿着王学明签过字的发票，来到了他的办公室。

"奚老板好！"黄义刚边掏香烟边向奚雨生打招呼。

"嗯。"奚雨生看了黄义刚一眼，面无表情地应了一声。这几天来要工程款和工资款的人陆续不断，他以为黄义刚也是来讨要工程款或工资款的。

黄义刚心里咯噔了一下，心想奚老板好大架子。他无心计较他的冷淡，给他发了一根中华烟，然后拿出发票递过去。奚雨生拿过一看，脸上才有了些许笑容。广告牌的事确实给公司争了光，也给他奚老板脸上添了彩。他看了看，大笔一挥，龙飞凤舞地签上了他的名字。签好后又看了看说："这么贵？"

黄义刚说了声不贵，接下来想解释原因时，见奚雨生把签好的发票递给他，就不想多此一举了。他接过发票，说了声谢谢，便转身告辞。

黄义刚来到王学明的办公室喝茶。两人呈九十度角坐在沙发上抽烟喝茶聊天。

"乖乖，你们的奚老板架子好大，毕竟是一级企业的老板。"黄义刚口气揶揄，淡笑着说。

"他就这样的人，你不要和他计较。再说，这几天去签发票的人特别多，他应付不过来，哪能像迎宾小姐一样对每一个人都面带笑容。"王学明笑着说。

"这倒是的。不过,当他看了我的发票,脸上就有了笑意。可能是因为见了是你经办的事吧。"黄义刚顺便拍了一记王学明的马屁。

王学明听得受用。嘿嘿一笑,不无得意地说:"也许是吧。"

两人把浓茶喝成淡茶后,黄义刚起身告辞。走的时候他把发票留在王学明那里,说:"你替我把发票送到你们财务科去,这几天可能要钱的人多,你替我打个招呼,优先安排一下,务必在这两天内给我们汇过去。"

"好,你放心,这事交给我了。"王学明勾肩搭背把黄义刚送到楼梯口。

王学明这一阵子虽然劳累了些,脸还摔得破了相,可广告牌提前完成,为他今年的工作画上了一个圆满的句号,他感到高兴。

两天后,黄义刚打来电话,问钱怎么还没有汇过去。王学明去财务科问情况,财务科长于慧芳说是奚老板交代不要汇的。王学明问原因,于慧芳说她也不知道。

王学明想,怎么出尔反尔,签过了字又不能汇了?心里老大不高兴地去问奚雨生。

奚雨生面无表情,说:"你来得正好,你不来,我还正想找你呢。"

接着他说:"我问你,广告公司怎么要那么多钱?一百零八平方米,六千多元钱,五十多元一个平方,市场上哪有这个价?"口气有点阴阳怪气。

见为这事,王学明坦然地说:"老板,这价格不但包括广告布的钱,还包括设计、做效果图、其他辅助材料、制作和安装等费用。"

"这我还不知道,你当我傻瓜?"奚雨生的口气很不客气,根本不像在和手下的一个副总经理说话。

见奚雨生动了怒,王学明不卑不亢地说:"老板,我可没那意思。"

"那你是什么意思?其他广告公司只要三十元钱一个平方就能做,便宜的甚至二十几、十几元钱一个平方都能做。"奚雨生黑着脸说。

"三十几、二十几一个平方我知道,可十几元一个平方我没听说过。"王学明实话实说。

奚雨生冷笑一声,说:"你不相信?我告诉你,胡作惠的妻子就是经营广告布生意的,不信你可以到她那里去问问。"

胡作惠是公司办公室主任,王学明不知道他的妻子是做广告布生意的,如知道,也许会先和胡作惠商量了,但现在木已成舟,为时已晚。王学明想,虽然自己是副总经理,但这笔生意没有和胡作惠的妻子做,他肯定有想法。看来,问题就出在这里了。也不知是胡作惠从中弄的事,还是奚雨生在背着他搞暗中调查,王学明气得一时无话可说。

见王学明不说话,奚雨生以为他理亏了,认为他可能还在其中吃了回扣,继续说:"你那个同学要五十多元钱一个平方,这也太离谱了吧?你不会在其中得了好处吧?"

"我怎么可能在其中得好处呢?"王学明真有点哭笑不得,感到莫大的委屈。他感到委屈,不是因为其中有误解,而是奚雨生为价格的事搞背后调查,这明显是对他不信任。

"那么,价格相差这么大,你怎么解释?"奚雨生纠缠不放。

王学明稳定了一下情绪说:"广告布的质量不等,价格也就不等。我知道,我同学那公司的价格是高了点,可这是有原因的。"

"原因？什么原因？难道你同学那里的广告布特别好？"奚雨生口气很冲，吃了生葱似的。

"那当然。"王学明不理睬奚雨生嘲讽的口气，他把采购广告布的经过如实详细地说了一遍。

"这样看来，我还得表扬你们呢。"奚雨生的口气不无揶揄。

"我没那意思，我只是说明一下原因。"王学明嘴上说得坦然，心里却很不是滋味。

"但你也得事先向我打个招呼呀，不说清楚，谁知道你那同学在里面搞了什么鬼。"奚雨生的言外之意是，谁知道你们在其中搞了什么鬼。

"老板，事先没汇报是我的错。但说我同学在里面搞鬼，这就冤枉了。"奚雨生没直接点他的名，所以他不好此地无银三百两地为自己辩白。他继续说："当时为了把事情赶快定下来，所以我只好先斩后奏了。"

"你后奏了吗？胡作惠不问起这事，我还不知道广告布原来不需要这么多钱呢。还有，你去看看，广告牌上的图案也比例失调，像什么样子。"

王学明直怪自己太自信了，也太相信人了。他想说，你不是说过，有关广告牌的事，我尽管自行做主嘛。可他听奚雨生没理找理说效果图的事，就不知他是真不懂，还是在故意找碴儿，口气不免生硬，说："图案比例失调，那是因为上面的图案是立体效果图，所以才有这样的视觉效果。"

奚雨生没想到自己竟说了句外行话，赶快转换话题："好了，不要强词夺理了。广告公司的应付款扣除一千元，过了春节给他们，这我已和财务科说好了。"说完便埋头看手里的资料。

王学明还想说什么，见李怀善推门进来，便欲言又止，气呼呼地招呼也不打就走了。李怀善看了一眼面若冰霜的奚雨生和虎着脸的王学明，不知他们之间发生了什么，便告诫自己说话小心。

回到办公室，王学明坐在椅子上生闷气。想想自己出了那么大的力，脸上的伤疤还没好，不要说能得到他奚雨生的肯定，反而落得这种结果，这算哪一出？还有，钱的事怎样向老同学交代呢？正想到此，黄义刚又打来了电话。

"王学明，怎么回事呀？不会这点小钱还要拖过春节吧？"

"老同学，真不好意思，还真是要拖过春节才能付了。"接下来，王学明把刚才的事简单地向黄义刚说了一遍。

黄义刚听后跳了起来，说："放他妈的狗屁！有他这样当老板的吗？我说王学明呀，你这个副总经理是怎么当的。"黄义刚毫不留情地大声说。

王学明气愤地说："我没想到他会这样。"

"老同学呀，你也太自信了。你认为奚雨生会像你想象的那样大度高尚？你这是以君子之心度小人之腹，亏你和奚雨生共事了这么多年。为价格和效果图的事，当时我就提醒过你。可现在呢？你不但无功，还被怀疑吃回扣拿好处。嘿，你以为好心就一定能得到好报？我去签发票时一看奚雨生那样子，就知道他不是什么好东西，贼眉鼠眼的，看上去就不是有气量的人。"黄义刚气得一口气说了一大串。

"好了好了，不说了，我向你赔礼道歉。"

"算了，我也不要你赔什么礼，道什么歉。算我倒霉就是。也真是的，出了力，烦了心，赔了功夫还要赔钱，年三夜四的，碰上你这个老同学，也算是倒霉到家了。"黄义刚越说越生气。

在老同学面前，失了信誉还失了面子，王学明懊丧之极，说：

"老同学，实在对不起。过了春节我请你吃饭。"

黄义刚说："算了算了，我也是说说气话。我请你吃饭也无所谓。只是你也不要为这事太在意，不要春节也过得不开心，为你那样的老板，不合算！再见！"

王学明还想说什么，可黄义刚把电话挂了。

一波未平一波又起，和黄义刚通话刚结束，高玉贵又打来电话说，奚老板不同意加班工资按双倍算。王学明问："你没说是我同意的吗？"

"怎么没说，我还解释了具体原因。可奚老板说……"说到这里，高玉贵打住了。

"他说什么？"王学明没好气地说。

"他说，他说你自作主张，越权办事。说你在胡闹。"高玉贵吞吞吐吐，声音也越说越低。

王学明气得一时无语。

"王经理，工人们还在我办公室等答复呢，你看这事……"

"玉贵，你先答应工人们，这事由我去做奚老板的工作，他如不答应，另一半加班工资由我私人出。"没等高玉贵回话，王学明便气呼呼地挂了电话。

王学明生了一会儿闷气，但想到这事终究得解决，便稳定了一下情绪向六楼走去。他来到奚雨生面前，把加班工资的事作了解释，说完后面无表情地等待答复。

奚雨生靠在椅子上，眯着眼边吸烟边听王学明说。王学明说完后，好一阵他才阴阳怪气地说："你知道吗？说重一点，你这是自作主张，目无领导。好吧，我知道了，我会通知高玉贵的，你去吧。"

王学明想拂袖而去，但他还是熬不住说："奚老板，你不是一开始就说过，只要是为广告牌的事，我只管自行做主，不用向你请示汇报的吗？"

"我说过吗？我会说这样的话吗？"奚雨生一副无赖的腔调。

还能说什么呢？王学明怫然而去。

第 五 章

王学明还没有从广告牌的阴影中走出来,又有了新的麻烦。

上午九时许,奚雨生打电话叫王学明去他的办公室。

王学明见建设银行的信贷部主任周莫诚也在,马上招呼说:"周主任好。"

"嗯,王经理好。"周莫诚说过后就没有了下文。

周莫诚口气冷淡,王学明不免多看了他一眼。按理,周莫诚见了自己,应该热情有加才是,怎么一副爱搭不理的样子。难道他家的工程出了问题,还是账算得不满意?

"周主任家的工程结算清单你审核过吗?"过了好一阵,奚雨生才冷冰冰地抛给王学明一句。

果然是结账的事,王学明自以为心里有底,说:"我看过。"

"看过?造价怎么这么高?按什么标准算的?"奚雨生用责问的口气说。

"按江苏省最新定额标准算的,但只算了人工和材料费,略加了些利润。税金、管理费等取费都没算。"王学明顿了顿继续说,"至于怎样和周主任结算,老板你看着办。"王学明心里不舒服,把皮球踢给了奚雨生。

奚雨生认为王学明说得也许是对的，换了副笑脸朝周莫诚说："周主任，现在市面上人工和建筑材料都贵，所以造价就高。我看这样，在结算金额中再扣除一万元，你看怎样？"

周莫诚说："奚老板，我家那小工程叫你们公司施工，我只是图个省心省力，并不想揩你们的油。你说再让我一万元，我就不敢当了。我的意思是，在我家施工的是私人小包工队，不要到头来他多赚了钱，你们还蒙在鼓里，我好像还占了便宜、揩了你们的油。奚老板，你说呢？"话冠冕堂皇，且不无道理。

奚雨生有些尴尬，问王学明："学明，结算清单中的子目与材料价格你有没有一项一项核对过？"

"核对过，工程内容与施工图并无差错。材料价格和人工工资是根据省定额标准定的。"

周莫诚忽然想起一件事，犹豫片刻后说："而且，我家用的砖还是旧货市场上买来的旧砖。当时我提出要用新砖，可陈维前说反正要粉刷的，影响不了质量。我想省点钱也好，反正是小工程，影响不了质量，可你们却以新砖的价格结算，这就不对了。"

真是哪壶不开提哪壶，王学明担心的事还是被周莫诚提了出来。

奚雨生一脸尴尬，朝王学明吼道："还有这种事？我看你们吃饭都吃昏头了！"

见奚雨生发了火，周莫诚赶快说："算了，算了，这事已经过去，用旧砖的事王经理并不知道，这事到此为止。"

奚雨生仿佛被人当众揭了短，心里很不舒服。他认为，这完全是王学明的失责。但在周莫诚面前，不便过度批评他。他一脸歉意地朝周莫诚说："周主任，要不这样，你也不要急于结账。反正数字也不大，说不要你的钱吧，你又不同意。你把结算单先放在这里,我让人再仔细核实一下。我保证一不少收你的钱,二不让你吃亏,你看呢?"

"可以,那我就先告辞了。"周莫诚说完便起身告辞。

王学明知道又摊上事了,心里很不舒服。周莫诚走的时候和他打招呼,他一时也没有反应过来。

奚雨生把周莫诚送走后,朝王学明说:"看看!看看!整天干些什么好事!尽给我添乱!"

本来想借周莫诚家搞基建的机会拍一下他马屁的,这下好了,就这小工程,不仅在材料上以次充好,结账还高估冒算。奚雨生越想越生气,他把结算单扔给王学明,说:"去给我一笔一笔核对清楚!"

五月上旬的一天,奚雨生来到建设银行,找信贷部主任周莫诚商量贷款事宜。事情谈得差不多的时候,周莫诚说,奚老板,我有一事相求,不知你愿否帮忙。奚雨生笑着说,周主任言重了,你的事,我能有推托之理?什么事?尽管吩咐。周莫诚说,一个小工程。奚雨生说,这是我的分内事,什么小工程,你周主任家的事再小,对我来说也是大事,快说说什么工程,我马上派人去施工。奚雨生这话,如春风拂面,周莫诚感到暖洋洋的。

周莫诚说:"我想在我家别墅前接一间屋,下层作厨房用,上层做阳光房。以前担心物业那里通不过,现在见好多人家都建了,我想趁机也建一间。"

"这是好事。这事包在我身上。"奚雨生想,平时想拍你周莫诚的马屁还要找理由呢。

周莫诚说:"奚老板,我们有言在先,建好后,账一定要算的。"

奚雨生笑着说:"我的周大主任,这点小事还算什么账呀,我们在其他工地上少浪费点也就有了。"

"不行。你如果不要钱,我就找别人干。叫你们公司施工,我只是图个省力省心,别无他意。而且付了工程款我还要正式发票。"

奚雨生想,这些冠冕堂皇的话,周莫诚可能只是说说而已,他要正式发票,可能是为了应付上级检查。现在不如先答应了他再说。到时候他真要给钱,就象征性地意思一下。他笑了笑说:"周主任,你也太一本正经了。好,就依你,到时候按实结算。"

周莫诚说:"这就对了。不过,我有一个要求,你得派技术好的施工人员来施工。"

奚雨生说:"这你放心,我派公司的副总经理王学明亲自负责施工,他能设计,能算账,懂管理,周主任,你看怎样?"

周莫诚笑着说:"这当然好,不过,这就大材小用了,我有点担当不起。"

奚雨生说:"什么大材小用,我说了,你周主任家的事再小也是大事。不过,施工队伍我就不去工地上抽调了,我让一个个体老板来施工,这人叫陈维前,我家里平时的修修补补都是他负责干的。你放心,不会有问题的。"

周莫诚高兴地说:"一切听从奚老板安排。"

第二天,王学明带着陈维前来到周莫诚家。这是市区一个著名的高档小区,里面清一色两层别墅,每幢别墅都是单门独户,都有单独的围墙和院子。小区内道路纵横交错,绿树成荫。花园内种着常绿的高档草坪、名贵的四季花木。王学明看了赞不绝口,心想,普通老百姓哪里住得起这样的房子。陈维前看得羡慕不已,心想,我要能住上这样的房子,此生足矣。

周莫诚热情接待了两人,并把所有要求和他们交了底。王学明带了笔和纸,把周莫诚的要求认真做了记录。工程虽小,但为了便于施工和结算,王学明回去后认认真真设计了一份施工图。

开工后,王学明对陈维前说:"周主任家的活可不比别人家,公司贷款的事全凭周主任一句话。平时,奚老板把他当作财神菩萨看待,所以,这工程来不得半点的马虎。"

陈维前拍着胸脯说:"王经理,这你放心,我在社会上混了这么多年,这些事我还是拎得清的。"

王学明听后便放下了心。

一天,王学明来到工地现场,对陈维前说:"明天起我要出一趟差,长则五天短则三天就回来了。我走后,你要一如既往地做好工作,不能出半点差错。"

"我的王大经理,你就放心出差去吧。今天到夜,基础就做平了,等你出差回来,墙体保证砌得差不多了。"

王学明出差后的第四天回来了。次日一早,他就来到了周莫诚家。一看,墙果然砌到了顶,便心中宽慰。见王学明来了,周莫诚从屋里迎了出来,两人打过招呼后便说开了话。见周莫诚有些不高兴的样子,王学明问:"周主任,我走后,陈维前没给你添麻烦吧?"

"别的倒没什么,只是用旧砖砌墙我不太满意。"周莫诚一脸不开心地说。

"怎么可以用旧砖?叫他推倒重砌!"王学明重新把目光投向墙体,一看还真是用了旧砖。刚才来的时候没细看,再说,根本不会想到陈维前会用旧砖砌墙。

见王学明发了火,周莫诚马上说:"算了算了,砌也就砌了,反正要粉刷的。"

王学明余怒未消,说:"周主任,你没有和他说不能用旧砖?"

周莫诚说:"那天我下班回来,见工人们在用旧砖砌墙,我当时问陈维前,为什么用旧砖,他说买旧砖方便,反正墙面要粉刷的。我想叫他重新用新砖,可见砖都装来了,而且墙砌了有一米多高,想想也就算了。"

正说到这里,陈维前骑着摩托车来了。王学明气不打一处来,朝陈维前吼道:"陈维前!你还是不是人?我出差前是怎么跟你说的?"

"王经理,我怎么了?你一大清早就朝我发火。"陈维前摆出一副委屈的样子。

"还装糊涂?我问你,谁叫你用旧砖砌墙的?你给我把墙推倒重砌!"王学明指着陈维前的鼻子说。

陈维前知道是自己的错,便哑了口,站在那里苦着脸、别着头,一副死猪不怕开水烫的样子。

周莫诚担心两人吵翻了对他家的工程不利,赶快打圆场说:"王经理,已经砌好了就算了,反正墙体要粉刷的。"他又转身朝陈维前说:"王经理批评几句,你也别放在心上,粉刷的时候,你给我把墙面粉好我就放心了。"

陈维前赶快说:"周主任,这我知道。"

王学明见工人们陆续到了,周主任也不再计较,朝陈维前说:"还不快去干活?"

王学明再一次向周莫诚打招呼赔礼,并说:"请周主任放心,今后再也不会出类似的情况了。"

王学明拿着结算单回到办公室,对结算单上的子目一项一项重新核对,看不出有问题,想想可能也就是砖的问题。便打电话叫陈维前马上来他的办公室。半个小时后，陈维前来了。

"王经理，什么要紧的事要我马上来呀？"陈维前嬉皮笑脸地说。

"陈维前，周莫诚家的工程结算，里面究竟有没有水分？"王学明板着脸问。

"王经理，哪可能有水分呀。天地良心，就算了点工本费，利润只是算了点烟酒钱，根本就没有算足。不加点烟酒钱，我们在一起，拿什么抽烟喝酒呀？"陈维前一副玩世不恭、贼忒兮兮的腔调。

"没有水分吗？那旧砖按新砖的价格算不是水分吗？"王学明一开始审核时竟忘记了旧砖的事。

"旧砖虽然便宜，可它的功能还是和新砖一样的嘛。"陈维前耍起了无赖。

"你以次充好，从中渔利，还说没有水分？"王学明提高了声音说。

"王经理，话不要说得这样难听嘛。我不想办法赚一点，我平时亏损的钱去哪里弥补呀？"陈维前一脸委屈地说。

"你平时会亏？你连周主任家这么小的工程还想方设法要赚，其他地方你愿吃亏？说给鬼听。"王学明没好气地说。

"怎么不会？话既然说到这个份儿上，王经理，我就把我的难处说给你听听，可这话只能说给你听。"陈维前像煞有介事地压低声音说。

"你说。"王学明不知他又有了什么理由。

陈维前身子向前探了探，故作神秘地说："王经理，你也知道，奚老板家里平时的修修补补都是我干的。你说，我会收他的钱吗？"

这些事，王学明当然知道。奚雨生为了表示清白，也为了做给下属看，平时家里的小工程或修修补补，他不叫公司的工程队去干，而是叫个体小老板陈维前去干。陈维前把这当作是拍马溜须的好机会，他干了活当然不会收钱。但他绝对不会做亏本生意，他经常能在奚雨生那里得到些鸡零狗碎的小工程。他有奚雨生做后盾，干的工程虽小，可利润绝不会薄，且赚钱不放过任何机会。

王学明说："你不要胡扯。奚老板家里的事收不收钱跟我无关。你真要把他们两家的事扯在一起，我去向奚老板汇报，让他来解决此事。"

陈维前一听要去汇报奚雨生，赶快摇手说："别别别，王经理，我只是对你叹叹苦经而已，你千万别去和奚老板说。"

"那你说怎么办？"

"把新砖与旧砖的差价扣除算账。"陈维前这次说得干脆。

"好吧，你先走吧，有事我再找你。"

第 六 章

陈维前走后,王学明拿着结算单又来到奚雨生的办公室。奚雨生见是王学明,低头边看财务报表边说:"这么快就核对好了?"

"我又核对了一遍,并无发现有大的差错。而且,我又问过陈维前了,他说账没有算过头。"王学明来到奚雨生的对面说。

"你怎么可以替陈维前说话,他说没有多算就没有多算了?用旧砖算新砖的价格怎么解释?"

王学明正想解释砖的事,奚雨生提高了声音继续说:"你们在搞什么鬼?是不是你们俩联合好了来哄骗我们,还是你在其中也得了好处?"

"奚老板,你怎么这种话也说得出来?"王学明来了气,心想,真是太岂有此理了。

"那你怎么处处在为陈维前说话?"

话说到这个份儿上,王学明就顾不得许多了,说:"至于旧砖的事,陈维前是这样解释的,他说在有的地方干活不能收钱,想弥补一下。而且用旧砖代替新砖,这事当时就和周主任讲妥了。"

这下奚雨生来火了,大声说:"胡说!讲妥了?讲妥了周莫诚还会这样说？你走吧！"奚雨生明白，陈维前说干了活不能收钱指的是哪里，没想到王学明在他面前成了陈维前的代言人，他能不火？

王学明铁青着脸转身就走。

王学明走后，奚雨生立即打电话把陈维前叫到他的办公室。

陈维前接奚雨生的电话时，心里一阵慌乱，知道可能是为周莫诚家结账的事。心想，到了那里见机行事。

"奚老板，叫我有何吩咐？"陈维前明知故问，脸上的笑容有些僵硬。

奚雨生面无表情，说："陈维前，建设银行周主任家的工程真的要那么多钱吗？"

"奚老板，我的结算单不是还要你们领导审核嘛。"陈维前耍了个滑头，把锅甩给别人。

"你不是和王学明说没有多算吗？"奚雨生的脸阴了下来。

"奚老板，你说算多少就算多少。"陈维前答非所问，一副大度的姿态。

"什么叫我说算多少就算多少。你不会是在我家干了点零星活，没有收钱才这样做的吧？"奚雨生的脸变得十分难看。

"不不不，奚老板，你冤枉我了。你借我十个胆我也不敢这样做。"陈维前这下回答得干脆利索。

"你不是对别人说，在我家干了活没有收钱想弥补点吗？"

"我没说过。"陈维前死不认账，心扑通扑通直跳。

"你没说过？你没说过人家怎么会知道的？"

陈维前知道是王学明告了他的状，心里直骂王学明。他定了定神说："奚老板，我怎么会说这没脑子的话呢。你听谁说的呀？"

"你别管我是听谁说的。"奚雨生气呼呼地说，"你刚才说，我说算多少就算多少是吧？"

"奚老板，你说，我听你的。"陈维前说得痛快。

"那我就说了。按五万元结算怎么样？"奚雨生试探着说。

"你奚老板一言九鼎，就按照五万元结算。"陈维前嘴上说得爽快，可心里却直叫苦。

奚雨生以为他会讨价还价，没想到他这么爽快，明白结算单中的猫腻大了。他皮笑肉不笑说："陈维前，这样一来，你不就亏大了吗？"

"奚老板，其实也亏不了多少。"陈维前有些感动，一感动，说话就欠考虑了。

"那你结算单上的八万多元是怎么回事？难道是你和王学明商量好的，他想在里面……"奚雨生试探或者说引诱着说。

一语点醒梦中人，陈维前想，我得罪王学明也不能得罪奚雨生。他狡黠地笑了笑说："奚老板，这你就不要问了。"

奚雨生心里感到好笑，心想，怪不得你王学明一次次为陈维前说话呢。好！你王学明能在广告牌的业务上吃回扣，在工程结算上难道没有这种可能？奚雨生在心里哼了一声，脸上显现阴险的笑意。

见陈维前还呆呆地站在面前，奚雨生朝他说："你可以走了。"

陈维前走到门口时又被叫住："你去和王学明说，就说已经讲好了，按五万元结算。"

陈维前怕见王学明，有些不情愿地说："奚老板，我知道了。"

王学明正想出门，被陈维前堵回了办公室。

"什么？五万元？你答应了？"王学明瞪大眼睛说。

"答应了。奚老板要我让利，我也没有办法。"陈维前一副无奈的样子。

"让利？你说根本就没有利润。这样一来，你不就亏大了？"

"嘿嘿，王经理，亏本嘛，倒也不至于，不过这样一来，这个工程上的烟酒钱真的就没有了。"陈维前口轻薄言地说。

这下王学明来火了，拍着桌子说："陈维前！你在我面前信誓旦旦地说八万元也没利润，我相信了你，才在奚老板面前为你说话的。你这不是在戏弄我，在坑我吗？"

"王经理，真不好意思，谁不想干了活多赚点？"陈维前嬉皮笑脸说。

"那你说，哪里多算了？"王学明虎着脸说。他对结算清单审过两遍，到现在还没弄明白，问题究竟出在哪里。

陈维前厚着脸皮说："王经理，说了你可不要怪我。其实，多算的钱，都是在不锈钢材料上做的手脚。"

陈维前本不想泄露这个天机的，可想到要让王学明替他背黑锅，心想还是让他知道了好，反正结算数字已定。

王学明这才恍然大悟，没想到陈维前不但在砌墙的砖上以次充好，而且还在不锈钢型材上做了手脚。市场上不锈钢型材的质量良莠不分，价格也就有三六九等之分，这里面的文章复杂得很呢，不是业内人士，你别想弄清里面的水有多深。在采购不锈钢型材时，为了保证质量，王学明和陈维前一起去订了货，定了价。哪想到提货时，陈维前以次充好调了包，结账时一下就省下了两万多元。周莫诚家新建房的二层阳光房，构架材料全是不锈钢型材，所以才有了这样的结果。

"陈维前！你说你没赚钱，我在奚老板面前为你说话。奚老板说我和你串通一气拿好处。原来你不但欺骗了我，还想欺骗奚老板。你还是人吗？简直是畜生！"王学明愤怒之极。

陈维前从来没有见过王学明发这么大的火，知道他真的生气了,心里有些不安,边去替他的杯中续水边说:"王经理,都是我的错,你大人不计小人过,消消气。"

"你给我滚!"王学明夺过茶杯在桌子上重重一放,指着陈维前大声吼道。

"我滚,我滚。"见王学明气得脸都变了形,眉心中的那颗痣都变了颜色,陈维前吓得踉跄着退了出去。

王学明已忘记了出去有事,陈维前走后,他坐在椅子上生闷气。这下好了,一个五万元造价的小工程,竟要以八万多元的造价结算。不行,必须去向奚雨生解释清楚。可怎样解释呢,说自己根本就没有想到陈维前会在不锈钢的型材上耍花招?再一想算了,真要去解释,就变成了强词夺理,会越描越黑。

晚上有应酬,王学明很晚才回家。妻子范静雅已睡,床头灯亮着,虽然室外寒风刺骨,但开着空调的房间里却温暖如春。他宽衣解带,一声不响钻进被窝。范静雅睡意蒙眬地问:"怎么到现在?"

"这几天忙。烦心事多。"王学明又想起了周莫诚家工程结算的事,不免心事重重。

范静雅在一家合资企业工作,有一份舒适稳定的工作和不错的收入,加上丈夫是建筑公司的副总,儿子寄宿在市区读初中,所以,她的生活衣食无忧,优哉游哉。将近年关,范静雅知道丈夫工作繁忙,所以烦心事也多。

"什么烦心事,能说来听听吗?"范静雅想探个究竟。

"嗯,当然能。"

范静雅把被子向下拉了拉,让两个耳朵露出被子外面,洗耳静听丈夫说他的烦心事。

王学明讲完周莫诚家工程结算的事,两人一阵沉默。窗外寒风凛冽,树枝被西北风刮得发出如诉如泣的呜呜声。过了好一阵,王学明以为妻子睡着了,替她把被子向上拉了拉。毫无睡意的范静雅重新把被子拉到脖子下,然后说:"学明,我认为你应该把事情的缘由向奚雨生讲清楚。不然的话,你这黑锅就不知要背到何年何月了。"

王学明说:"这事我想过,可怎样解释呢?让陈维前替我作证吗?他愿意吗?他作证了不就全是他的错了吗?"

王学明不知道陈维前在奚雨生面前说了些什么,如知道了,他不气得七窍生烟才怪呢。

范静雅说:"当然不是让陈维前替你作证,你就实话实说。就算是你的错,也是因为上了陈维前的当,总比背想拿好处的黑锅好吧。"

"静雅,还是你想得周到。"是啊,这事不能就这样糊里糊涂地过去,不然就冤大了。

王学明仿佛在奚雨生面前澄清了是非似的,顿感一阵轻松。他转身亲了一下妻子。

王学明还想做出进一步的举动时,妻子说:"夜深了,这几天你累了,快睡吧,明天还有好多事等着你去办呢。"

见妻子体谅他,王学明一阵感动。

第 七 章

　　昨晚得到妻子的启发后，王学明身心轻松了许多，便很快入睡。虽然睡得晚，可次日醒得却早。妻子六点半起床时，正在做梦要尿尿的王学明，被子被妻子一牵动便醒了过来。他上过卫生间后，钻进被窝想再睡一会儿，可这几天所发生的事又一起来到了他的脑海里，就再也没有了睡意。

　　是啊，还是妻子说得对，应该去向奚雨生说清楚。为公司做了那么多事，吃了那么多苦，还要蒙受冤枉，背黑锅，真是冤死了。他抚摸了一下脸上还没有完全痊愈的伤疤，心里既难受又愤然。

　　起床后，他拉开窗帘向外看去，天还没有完全亮，灰蒙蒙的，屋后的树上不时传来几声鸟鸣，声音有些凄切，仿佛他此时的心境。发了一夜威的西北风也没有累倒，似乎变得更加疯狂，树枝发出尖锐的呼啸之声，使人听了心里发怵。王学明在窗前发了一会儿呆，想到今天要去奚雨生那里澄清是非，便赶快下了楼。他知道奚雨生有个不变的习惯，上班没有特殊情况从来不迟到。临近年关，找他的人多，所以去得不会晚的。王学明今天准备提前去公司，赶在别人的前面。

早饭后,风似乎小了一点,苍穹中灰茫茫的一片,像要下雪的样子。王学明发动好汽车,热车半分钟后,向公司驶去。

七点半上班,王学明到公司时还不到七点十分。天寒地冻,临近春节,很多建筑工地都已停工,外地民工已开始陆续返乡。公司的管理层除财务人员忙得晕头转向,其他人员则大多无所事事了,所以,上班时间也不需要那么准时了。王学明见奚雨生的汽车已停在他的固定车位上,心想,他上班还真是早。

王学明停好车,上楼向自己的办公室走去。时间尚早,整个办公大楼里毫无生气。王学明知道,除奚雨生,自己可能是第二个来上班的人。还有保洁员徐悦云也应该来了,她要在上班前把奚雨生和两个副总的办公室打扫收拾好,所以,通常情况下,她比在大楼里办公的任何人都来得早。

王学明进办公室,稍稍整理了一下思路,然后向六楼走去。

大楼里冷得出奇,死一般的寂静。天阴沉得很,楼道里没有开灯,有些昏暗。王学明心里说,这个徐悦云,怎么连个灯也懒得开。再一想,这么冷的天,也许她还没来上班呢。王学明心事重重,脚步沉重地来到奚雨生的办公室门口,因心情不顺畅,竟忘记了敲门,直接推门进去。他穿的是软底皮鞋,进门时毫无声息。进门后,他第一眼朝奚雨生的办公桌看去,发现没人,便朝窗下沙发的位置看去。这一看不要紧,沙发上的一幕,让他惊愕得仿佛被人使了定身法,站在那里动弹不得;"啊"字噎在了喉咙口,嘴巴张得老大,中风似的一时不能合拢。

王学明定在那里竟不知所措。

双人沙发上,奚雨生正抱着徐悦云在亲她的嘴。两人的羽绒服掉在沙发背后的地板上。奚雨生在亲徐悦云时,左手紧紧搂着她,右手从她腹部的衣服内伸向她的胸部。徐悦云边嘴里发出呜鸣之声边微微挣扎着。

不知是因为空调的嗡嗡声，还是一人投入一人慌乱着，两人竟然没有发觉有人进门。

也就两三秒钟的时间，张口结舌的王学明从惊愕中反应过来，他的心一阵狂跳，立即转身向门外逃去。可还没有走到门口，徐悦云"啊"的一声尖叫，又把他惊得定在了那里。

就在王学明转身向外走的时候，徐悦云正好抬手去撩遮在眼睛上的一缕乱发。她发现眼前有人影一晃，便本能地发出一声尖叫，并立即挣脱奚雨生的手，站到了地板上。

正在兴头上的奚雨生，也被徐悦云的一声尖叫吓了一跳。他本能地转身一看，发现王学明站在门口。他的脸一下子涨得像猪肝，不禁火冒三丈。他站起身来朝王学明咆哮道："你是怎么进来的！怎么连门也不敲！"

徐悦云已从地板上拾起自己的羽绒服，涨红着脸，披着一头乱发，慌慌张张地侧身绕过王学明，逃也似的向门外跑去。

"奚老板，是我不对。"这时的王学明反倒平静了下来。嘴上说自己不对，心里却感到好笑，我不对在哪里呢？接下来他想说我不该现在来，但感到此话不妥，便收住了口。

"哼！你知道不对了？你不对的地方多着呢！给我滚！"奚雨生声色俱厉，暴跳如雷。

王学明明白"不对的地方多着呢"指什么，他张了张嘴，想说些什么，可什么也没有说。他已开始冷静下来，知道今天来得不是时候。但后悔已来不及，听天由命吧。想到此，他迈开步，向门外走去。

"站住。"奚雨生已坐到了办公椅上，声音比刚才缓和了许多。

王学明转过身，不知奚雨生接下来想干什么。

"回来。"奚雨生的声音又平和了许多。他意识到,刚才不该发这么大脾气。自己做了不该做的事,还朝人家发火,实在有点荒唐。

"奚老板,其实我什么也没看见。"王学明来到奚雨生的对面平静地说。

"好了,好了,看也就看见了,我也不想解释。只要你不出去乱说,也就等于没看见一样。"奚雨生面无表情,两只老鼠一样的眼睛盯着王学明滴溜溜地看。

"你放心,我会把这事烂在肚子里的。"

王学明心里明白,这种事即使奚雨生不朝他这样说,也是不好随便乱说的。如说出去了,影响奚雨生和徐悦云的声誉是小事,弄不好,小则破坏人家的家庭,大则可能还会闹出人命来。

"这就好。学明,这么早你找我有事吗?"奚雨生的表情似乎有了些变化。

"其实也没什么大事。"王学明有些懊丧,欲言又止。

"没什么大事?没什么大事你这么早来干什么?"想起坏了他的好事,奚雨生的脸一下子又阴沉下来。

"老板,我想解释一下周主任家工程结算的事。"王学明表面平和,内心却十分憋屈。

一听是周莫诚家工程结算的事,奚雨生又来了气,说:"周主任家结账的事不是和陈维前说好了嘛,还有什么事?"

"老板,我想解释一下,为什么会算得这么高的原因。"

"怎么,你还想为陈维前说话?他已经答应了按五万元结算,难道你要为他翻案?"奚雨生没想到王学明还来纠缠这事。

"我没有这个意思。我怎么会为他翻案呢?"王学明来了气,语气不免重了起来。

"那你什么意思？"奚雨生几乎又要发火了。

"事情是这样的……"王学明尽量耐下性子。

奚雨生听了王学明的解释后说："我不是叫你亲自在现场负责施工的吗？人家都按标准做了、按标准算了还要你监督个屁。再说，谁做了工程不想多赚点？关键是看监管的人站在谁的立场上说话。"奚雨生越说越响，越说越激动，说到后来他说："谁知道你和陈维前是不是串通好的？"

这不弄巧成拙、欲盖弥彰了吗？这不还是自己的错吗？王学明面有愠色，一口气噎在喉咙口。奚雨生知道他心里的滋味，有些幸灾乐祸。两只老鼠一样的眼睛转了转说："好了，不要强词夺理了。事情既然已经过去，你想拿回扣得好处的事也没有既成事实，我也就不追究你的责任了。"

"你说我们是串通好的？我想在其中得好处？"王学明没想到事情竟会这样，脸色十分难看。

"难道我冤枉你了？你不承认，人家可承认了。我已经不追究这事了，你还想怎样？"奚雨生想，你不提这事，这事也许就过去了。现在既然你提到这事，那么，今天你看到我和徐悦云的事，正好成一笔交易。奚雨生有些得意。

"谁承认了？是陈维前承认了？"王学明的鼻子差点气出第三个洞来。

奚雨生顿了顿，皮笑肉不笑地说："学明呀，你怎么还不明白？我举个例子给你听听。一个男人走夜路时遇见一个美丽的姑娘，突然起了歹心，便把她拖到旁边的树林中，姑娘发现路上有人走过，便大喊救命。路人听到喊声后奔了过去，那男人吓得逃跑了。姑娘因那男人强奸未遂，也就没有报警。现在你听明白了吗？"

什么乱七八糟的事。王学明听了这风马牛不相及的所谓例子,真有点哭笑不得。什么未遂不未遂的,你刚才和徐悦云才是未遂呢。想到刚才沙发上的一幕,知道今天没有选对日子,或选错了时辰。王学明想拂袖而去时,奚雨生阴阳怪气地说:"还有事吗?如没有,你可以走了。"大概想到了和徐悦云在沙发上的事,意识到刚才的比喻有些不妥,奚雨生的脸红了一下。

"无稽之谈!"王学明气愤地说了一句,铁青着脸,转身拂袖而去。奚雨生看着他的背影,心里嘿嘿笑了一下,想,量你也不敢出去乱说,你还有把柄在我手里呢。

下楼时,王学明遇到徐悦云用拖把在拖楼梯。徐悦云穿着件红色紧身羊毛衫,把胸部勾勒得鼓鼓的,滚圆的屁股被牛仔裤紧紧地包裹着,刚才还是蓬乱的披肩长发,现在已梳理光溜,瀑布一样随意飘着。在扭动腰肢挥动拖把的时候,整个身段婀娜生姿,动作十分生动优雅。王学明经过她身旁时,不免多看了她一眼。徐悦云想和他打招呼,可看到他的脸色不好看,她红了一下脸,欲言又止。

第八章

前年刚过春节，徐悦云在春寒料峭的季节，背着简单的行囊，走出大山来到江南水乡。刚踏上这片土地时，她像无头的苍蝇，不知哪里是落脚点。她晚上住小旅馆，白天瞎子骑瞎马瞎跌瞎撞找工作。出门时父母交代，洗头店、娱乐场所不能去，她便避开那些地方求生存。口袋里有限的几个盘缠用得差不多的时候，她在一个公共广告栏内看到一张广告纸，内容是广厦建筑公司招聘保洁员。她饥不择食，按广告上的地址，七问八问来到了广厦建筑公司。她见办公大楼豪华气派，心中便顿生几分喜悦。她通过问讯，来到广告纸上写的联系人胡作惠的办公室，说明来意，并递上身份证。胡作惠见她虽穿着朴素但年轻漂亮，认为不适合做保洁员，说明理由想拒收她。她一听便急了，信誓旦旦说不怕苦、不怕累，也不怕脏。胡作惠听后动了心，但想到要替奚老板打扫整理办公室，必须有一定的文化，否则连有用的资料和废纸也分不清就麻烦了。便问她文化程度，她说她初中毕业。胡作惠让她读了一段报纸，读得倒也流利顺口，而且普通话还挺标准；又让她抄写了十几个字，没想到她的字比好多高中生还写得漂亮。但胡作惠还是不敢自作主张收留她，就把她领到了奚雨生的办公室。

奚雨生见面前站着个面呈腼腆的年轻姑娘，说想来做保洁员，他心生怀疑，把她从头看到脚。看她虽然穿着朴素，但干净整齐；皮肤不算白，可长相端正，五官十分匀称，特别是两只眼睛灵动有神；她身材高挑，匀称有致。奚雨生心里赞叹，这样一个姑娘，真要在这里做保洁员，就埋没她了。

"姑娘，你真愿意在这里做保洁员？"奚雨生看着徐悦云天真无邪的脸说。

"我愿意。"徐悦云被奚雨生看得有些不好意思，脸微微一红。

"保洁员的活可是又脏又累的呀。"奚雨生一开始也像胡作惠一样，想拒收她，可看她一副楚楚可怜的样子，就有点于心不忍了。

"老板，我不怕，在家里我什么都做。"见奚雨生口气松动，徐悦云的脸上有了笑容。

奚雨生看着笑容甜美的徐悦云，心里有些骚动，咽了口口水说："留下吧，先试用半年。行就做下去，不行，去其他地方高就。"

就这样，徐悦云留了下来。她虽然做着保洁员的工作，但大楼里环境好，盛夏酷暑不用晒太阳，三九严冬不用吹寒风。酷暑严寒还能享用空调，比在家乡的大山里啃山种地不知要好出多少倍，而且中午吃饭还不用付钱，工资也在期望值内。所以，至少目前来说，她对这份工作是满意的。试用期内，她担心干得不好被辞退，所以工作兢兢业业，任劳任怨，不敢有半点马虎大意。半年下来，徐悦云得到了大楼里每一个人的好评。由于心情舒畅，生活有规律，吃喝调匀，江南水乡的水土把她滋润得更白了、更嫩了，出落得更加水灵了，这就使大楼里有些不安分的男人，见到她时不免要多看上一眼，甚至想入非非。但出于她每天在奚老板面前走动，所以，虽然有非分之想，但不敢有非常之举。

徐悦云虽然出身贫寒，在大山里长大，但山村民风淳朴，又从小受父母的传统教育，所以她言语谨慎，举止大方得体。奚雨生对每天在眼前晃动、越来越漂亮的徐悦云，虽然嘴馋得流口水，心痒得像猫抓，但见她一副凛然不可侵犯的样子，总感觉她周围有一道无形的墙，使他觉得和她虽然近在咫尺，但又仿佛远隔天涯。总之，就是没机会越过那雷池一步。有几次奚雨生试探性地对徐悦云动手动脚，都被她不卑不亢地拒绝了。直到有一次徐悦云犯了个小错误，心动手痒已久的奚雨生才得了手。

通常情况下，徐悦云是在奚雨生上班前替他收拾整理好办公室的。也不知怎的，这天快下班时，她心血来潮去替他收拾办公室。是她心里有事，还是奚雨生在旁边的原因，她擦拭办公桌时，不小心把桌上的紫砂茶壶给碰翻了。茶壶打了个滚，快滚到桌子边时，她手忙脚乱地去抢茶壶，因动作匆忙，反而把茶壶碰得摔到了地上。不容分说，茶壶摔得粉碎，茶水泼了一地。徐悦云大惊失色，吓得连连向站在一旁、用一双贼亮的鼠眼盯着她看的奚雨生认错作检讨。奚雨生见她惊恐失措的样子，虽然面呈不悦之色，但心中窃喜，心想机会来了。他落下脸，作出十分心痛的样子说："呃呀呀，小徐呀，你怎么把我的紫砂茶壶给打碎了？"

徐悦云并不知道紫砂茶壶有什么特别之处，只认为奚老板在责怪她做事毛手毛脚，便战战兢兢地说："奚老板，请你原谅，我重新去替你买一只。"

"什么？你说你重新去替我买一只？你知道这只茶壶值多少钱吗？"奚雨生的表情和语气十分夸张。

徐悦云摇摇头，茫然地说："不知道。"

"这是我花了十几万元钱，从宜兴丁镇的制壶名家手中买来的。"奚雨生边说边用右手的手背击着左手的掌心，一副十分心痛的样子。

什么？一只茶壶值十几万元钱？徐悦云傻眼了，脸上一片死白，带着哭腔说："我，我，我……"

看着徐悦云快哭出来的样子，奚雨生心里别提多高兴了，可他却铁青着脸说："我我我什么？告诉你，钱还是小事，主要是茶壶上有制壶名家的名字，而且这个名人年事已高，不再制作茶壶了。所以，我这茶壶是绝版，你知道绝版是什么意思吗？"

徐悦云上齿咬着下唇，眼中含着泪水，茫然地摇摇头。

"绝版就是这个名人再也不做茶壶了。所以，我这茶壶就不是十几万元的事了，而是几十万甚至更多。"奚雨生摆出一副痛心疾首的样子说。

"奚老板，那你说怎么办？"徐悦云带着哭腔说，她真的不知道该怎么办。她明白，要她赔是赔不起的，现在只好听天由命了。

"小徐，你让我说什么好呢？如果我让你赔呢？"奚雨生的两只鼠目放出精光，表情严肃，内心却幸灾乐祸。

徐悦云咬着嘴唇痛苦地摇摇头，眼泪牵线似的往下抛。

"我就知道，让你赔是不现实的。你家就是倾家荡产也赔不起我这只茶壶。我看这样，赔的事就不说了，只要你在我这里好好干，听我的话，这茶壶的事今后就不再提了。"奚雨生摆出一副大慈大悲的姿态来。

徐悦云不相信地看着奚雨生，刚才还吓得面如土色，眼泪直流，现在却感激得热泪盈眶。她来到奚雨生面前扑通一声跪下，含着泪说:"奚老板,你的大恩大德我今生今世难以报答。"

"小徐,不能这样。"说时迟那时快,奚雨生边说边俯身把徐悦云扶起来,并乘势把她搂在了怀里。

徐悦云没想到奚雨生会乘机欺负她,再一次吓得大惊失色,边挣扎边说:"奚老板,你不能这样。"

朝思暮想的美味,终于到了嘴边,奚雨生哪里还肯放弃。奚雨生颤抖着声音说:"小徐,我说过了,不要你赔茶壶。你就让我亲一下吧。"

"你吓死我了。奚老板,你不能这样!快放开我!"徐悦云脸色苍白,浑身哆嗦,拼命挣扎。

奚雨生不但没有放开她,反而把她抱得更紧,结结巴巴地说:"小徐,要我放开你,除非你赔我茶壶。"

混账!卑鄙!下流!无耻!徐悦云边在心里骂边挣扎着。她想大声喊救命,可一想到几十万元的紫砂茶壶,又没有了勇气。

徐悦云眼看挣不脱就不再挣扎了,两行痛苦、委屈的眼泪顿时流了下来,流到面颊,流向嘴角,再流到脖子。她闭上眼睛,任凭奚雨生带烟臭味的嘴巴在她脸上乱啃。看看徐悦云没有再挣扎的意思,奚雨生一把把她横抱起来,向里间的休息室走去。

就这样,一朵刚开的鲜花被摧残了。

这天夜里,徐悦云几乎一夜没合眼。她想了很多很多。她悔恨交加,悔自己不该来做保洁员,恨自己怎么毛手毛脚把奚雨生的紫砂茶壶给打碎了,更恨禽兽不如的奚雨生。当她想到奚雨生曾多次想要对她非礼而没有得逞时,她猛然觉得,那只紫砂茶壶或许根本就不是什么出于名家之手的绝版货,是奚雨生在借机要挟她,在乘人之危欺负她。她曾在心里发过誓,一定要把自己的第一次献给最心爱的男人,没想到被奚雨生这畜生糟蹋了。想到这里，她的心都快碎了。她哭出了声音，哭湿了枕头，她甚至连死的念头都有。后来，她想得累了，心也慢慢平静了下来。她想，自己的人生才刚开始，今后的路还长着呢，将就地活着吧。再说，如果自己走了绝路，怎对得起养育自己这么多年的父母大人。

为那只紫砂茶壶，徐悦云付出了巨大的不可弥补的代价。她咬着牙想，那只摔碎的茶壶即使是出于名家之手的绝版货，可奚雨生让我付出了这么大的代价，我不能就此便宜了他，也要让他付出代价。她慢慢开始设计今后的人生，过了很久很久，她才慢慢地睡去。这一夜，她好几次从噩梦中醒来。

奚雨生得手后，徐悦云的身心受到了严重摧残，她整天似恶魔缠身，脑子昏昏沉沉，一味地难受。她在床上一连躺了两天，第三天才带着一脸的憔悴、浑身的疲惫去上了班。

有了第一次，奚雨生就寻找机会，逼迫徐悦云制造第二次、第三次……

徐悦云来这里已有一段时间了，对社会上的一些现象已有了些许了解和认识，她听到看到有好多年轻漂亮的、没有多少文化又缺少一技之长的外地姑娘，为了使生活过得体面光鲜一点，有些人不得不付出沉重的代价，她们中有多少人背后没有一部辛酸史？难道这是宿命，我徐悦云也命该如此，也躲不开这命运的安排？为了生存，为了那只不知真假的紫砂茶壶，也为了生活过得体面一点，徐悦云被迫无奈地一次次满足奚雨生的兽欲。

大楼里的人在不知不觉中发现，徐悦云的穿着打扮变得靓丽了，她开始涂脂抹粉了，脖子上挂上了金项链，手指上戴上了金戒指，可她的工作却没有以前出色了。到后来，不要说出色了，就连基本工作也做不到位了，上下班也不准时了。

王学明不但负责公司的技术工作，还兼管公司内部的事务。徐悦云工作懈怠，他不止一次地批评过她，但收效甚微。他把这情况反映到奚雨生那里。奚雨生听后说："嗯，知道了。"

奚雨生提醒徐悦云，让她工作认真点，要注意影响。徐悦云明知故问："是不是有人到你这里来告状了？"

奚雨生说："这不叫告状，是人家来反映情况。"

徐悦云小嘴巴噘了噘说："谁来反映的？是王学明吗？就他吃海水长大的，管得宽。"

奚雨生说："我的小祖宗，这不叫管得宽，你的工作也是他的分管工作。"

"好了，我知道了。"徐悦云不耐烦地说。

一段时间内，徐悦云的表现有所好转，可没过多长时间，又旧病复发。王学明再去说她时，她笑着说："王经理，我知道了。"转过身却撇撇嘴，一副不屑的神情。

徐悦云从别人的眼神中看出，她与奚雨生的关系已经不是什么秘密了，但她已顾不得许多了。她也知道人言可畏，自从奚雨生找她谈话后，她的工作表现虽然有所改观，但她对王学明却有了成见。出于王学明是公司内部管理的分管领导，讲直白一点，他是她的顶头上司，所以，表面上她又不得不对他有所敬畏。

虽然大楼里很多人知道奚老板和徐悦云的关系非同一般，但只是根据察言观色的猜想，谁也没有看到过他们实质性的行为。奚雨生也从别人的眼神中看出，他和徐悦云的事已不再是秘密，可他无所谓，一个做老板的大男人，在当今社会有几个是洁身自好的？奚雨生不但不感到有不妥之处，反而萌生出几分自豪感。可自豪归自豪，这毕竟是上不了台面的事，更不能让母老虎似的老婆知道。这种男女私情，朋友间喝酒聊天时可以说，可以吹，甚至可以带着情人出入某种场合，但你只能说她是朋友，是合作伙伴、是生意对象，甚至是秘书，就是不能说她是情妇，是小三、是小蜜。两人亲热、合欢做爱的情景只能让人猜、让人想，是不能让人看见的。如果下属撞见上司与小三或情人在做见不得人的事，那就犯了大忌。王学明一清老早去坏奚雨生和徐悦云的好事，他们会不恨你吗？

奚雨生每天吃过中饭要休息，一点半钟之前，公司管理人员没有人会去打扰他。当然，徐悦云除外。

今天，两人在沙发上的事被王学明撞了个正着，徐悦云不高兴了。她想听听奚雨生对这事的态度，刚吃过中饭，就去了他的办公室。

徐悦云这个时候来，奚雨生以为她是来投怀送抱的。他反身把门关上并上了保险，转身就抱住了她。徐悦云一把推开他说："奚老板，你还有这种心思？"

"怎么啦，我的小宝贝？"奚雨生怔了一下说。

徐悦云噘着嘴巴，一脸不高兴地说："王学明早上看到我们俩的事，他不会说出去吧？"

"你说这事？我以为是什么大不了的事呢。"奚雨生厚着脸皮说。

"什么，这是小事吗？你倒无所谓，一个大男人，又是大老板，可能你还光荣自豪着呢。可我呢？我还没有对象呢，如果他说了出去，我还怎么做人？还怎么嫁人？好男人谁还要我？"徐悦云说着说着眼泪就汪了出来。

"哎呀，说着说着怎么就哭起来了。愁什么，你这么个大美女还愁嫁不出去？只怕好男人没福气娶你。"奚雨生边说边要为她拭泪。

徐悦云推开奚雨生的手,阴着脸别过头说:"那要是王学明在外面说我的坏话,不就坏了我的名声?"说后自己拭了一下泪,一副凄凄楚楚的样子。

"他敢吗?告诉你,他还有把柄捏在我手里呢,他要是惹毛了我,我就让他身败名裂。"奚雨生不无得意地说。

徐悦云转过头,看着奚雨生,疑惑地说:"我看他为人正派,办事讲原则,他能有什么把柄抓在你手中。"

"小徐,这你就不懂了。"奚雨生仿佛意识到什么,欲言又止。

"奚老板,懂了我还问你?能说给我听听吗?"徐悦云没想到一向温文尔雅、正正派派的王学明会有把柄被别人捏着。

奚雨生有些犹豫,可一想到王学明曾经镇上跑得勤可能别有图谋的事,想起他讲三只小老鼠怎么不被冻死不被猫吃掉的事,想起今天早上坏他好事的事,便恶从胆边生。一想也罢,我今天把这把柄的事告诉了徐悦云,就等于把把柄交到了她的手里,今后说不定她还能被我当枪使呢。接下来,奚雨生便把广告牌的事、周莫诚家工程结账的事,一五一十给徐悦云添油加醋地说了个遍。说的时候,他特别强调王学明吃回扣拿好处的事。

"奚老板,你真的认为王经理在广告牌的事情上拿了回扣,在周莫诚家的工程上想得好处?我看他不像这样的人。"徐悦云和王学明本来就没什么大的过节,而且她知道王学明是个正派人,不可能像奚雨生说的那样。

"小徐啊,你涉世不深,社会阅历浅,你能看得清王学明的本质吗?再说,就算他没有或不想拿回扣、得好处,难道把柄就一定要真有其事吗?"奚雨生脸上的笑意使人捉摸不透。

"奚老板,按你这么说,王经理的罪名是你编造出来的?"徐悦云瞪大眼睛问。

"小徐呀，话不能这么说。而且，你也可以把这些作为把柄，如果他今后要为难你，你就用这些把柄敲打他。"说了这么多，奚雨生有点累了，睡意也来了，他打了个哈欠，一手搂过徐悦云，想和她亲热一番后再休息。

徐悦云本来每次都是被迫无奈，刚才听了奚雨生的话，突然有了新的考虑。她使劲挣脱他的手，瞪了他一眼，扬长而去。

徐悦云离开奚雨生的办公室，回到自己平时休息的地方，也想休息一会儿，可一点儿睡意也没有。没有睡意就不睡，她开始想问题，想今天早上发生的事和刚才奚雨生的话。

今天一早她来到公司，想早一点儿完成上午的工作，然后去市区办点私事。她到奚雨生的办公室后先把空调打开，然后脱掉外套开始工作。使她没有想到的是，今天奚雨生比平时来得更早。奚雨生进办公室后，见徐悦云的羽绒服挂在沙发靠背上，穿着件红色紧身羊毛衫在扭动着身子拖地板。

徐悦云拖地板时的身姿十分生动，婀娜有动感。奚雨生见后不能自控，也脱掉羽绒服和她的放在一起，然后一把搂过她，连拖带抱来到沙发上，他拉她坐在他的大腿上。徐悦云边挣扎边说，快放开我，我要干活呢。奚雨生抱着她不放，说，今天我的办公室就免了。徐悦云指着门口说，当心有人进来。奚雨生说，这么早谁会来。奚雨生边说边和她亲热起来。当奚雨生想进入下一步行动时，徐悦云的一缕头发遮住了她的眼睛，在她伸手撩头发的瞬间，便看到了刚想转身离开的王学明。

事情发生后，她担心王学明会把这丑闻传扬出去，所以她忌惮他，还有些恨他。刚才听奚雨生说王学明有把柄抓在他手里，似乎又放下了心，可一听这把柄可能是奚雨生臆想出来的莫须有罪名，心里不免又慌乱起来。

她想，王学明是公司的副总经理，是本科大学生、工程师，好多事情公司都靠着他呢。在她看来，今年企业资质升级要是没有他的努力，根本不可能。可不知奚雨生为何要抓他的把柄防范他。她想，像王学明这样的人，还要受到奚雨生不公的对待，别人就更不用说了。她又想到了自己，现在虽然被奚雨生宠着，但她明白是因为自己有几分姿色。就算自己在他奚雨生眼里是只金丝鸟，可她这只金丝鸟被他用线牵着，用笼子关着。什么时候他玩厌了，她就不值钱了，就有可能被当作厌物一样随手丢弃。她又想起了那只紫砂茶壶的事，就恨得咬牙切齿。

徐悦云在这里工作了这么长时间，已经有了些社会阅历，况且，她还是个初中生。她想，我不能把保洁员这工作一直做下去，更不能一直成为奚雨生的玩物。我可以到商店里去做营业员，可以到饭店里去做服务员。而且，自己已有了些积蓄，还可以去参加电脑培训，今后有机会的话，可以找一份体面一点的工作。对，必须离开这里。但现在不行，年关将近，工资还没有全部到手，年终奖金还没拿到，另外，更不能就此便宜了奚雨生。想到这里，她似乎看到了人生的希望，身心便感觉轻松了许多。

第 九 章

  时间到了腊月二十五，春节就在眼前。
  这是春节前最后一次董事会了。会议室里烟雾缭绕，空调呜呜地响着，可这些并不影响会议的气氛。会上，奚雨生肯定了大家一年来的工作。并说，今年给在座每位的红包，分量将比去年重得多。七个董事会人员，一个个神情亢奋，笑意盈盈。是啊，对公司来说，今年又是一个丰收年。凭借市、镇两级政府大拆大建的机遇，今年公司的施工面积创历史新高，产值利润创历史新高，特别是企业的资质由原来的二级晋升为了一级，为公司今后能带来更多的业务创造了条件。所有这些，怎不使人欢欣鼓舞。就连这阵子有些郁闷的王学明也一扫心中阴霾，变得喜形于色。奚雨生虽然没有点名表扬他，但他作出的成绩、对公司的贡献，有目共睹，功不可没。
  会议的第二个议程是布置春节前后的工作。节前还有两项主要工作都在明天，一是明天下午的年终会议，出席对象是从班组到总公司的全体管理人员；二是会议结束后，公司设宴招待全体与会者吃年夜饭。吃过年夜饭，公司就放假了，一年的工作就算全部结束。小年夜（腊月二十九）上午，董事会人员到奚老板办公室领红包,领完红包,董事会人员才算结束全年的工作。红包的大小还在奚老板的脑袋里,他对每个人的表现、好恶还在作最后的观察评判,随时都会作调整。所以,这几天董事会人员的表现不敢有半点马虎。

最后,奚雨生对与会者分工时,六个人一个个都竖直了耳朵,担心听漏了而完不成任务。当安排到王学明的工作时,他的手机不识时务地响了起来。奚雨生皱了皱眉头,止住了话头。王学明想关掉不接,一看号码,不好不接。他歉意地看了看奚雨生,接通电话后轻声说:"敬涛,不好意思,我在参加一个会议,等会儿我打给你。"

奚雨生听到敬涛两字,知道是郭副镇长打来的,想听听王学明和他说些什么,可王学明又不说了。他听王学明对郭副镇长直呼其名,而自己见到他时却没有郭镇长不开口,而且还得点头哈腰、笑脸奉承,心里便酸溜溜的。他盱视了一眼王学明,继续给他安排工作,当安排他明天下午怎样布置会场时,他的电话又响了起来,奚雨生的话再一次被打断。这一次奚雨生不耐烦了,没等王学明来得及看号码就阴着脸朝他说:"你怎么这么多电话?"

听奚雨生口气不对,王学明号码也不看就关掉了手机,面色有些难看,坐在那里不说话。

关于电话的事,奚雨生似乎还不想罢休,他阴着脸说:"你这么多电话,一个月要多少电话费呀?"

董事会人员的电话费都是公司实报实销的。王学明想,难道奚雨生又想在电话费的问题上做什么文章?他想了想说:"没有一定,财务上可以查。"心里不适,口气不免生硬。

"我在问你。难道我不知道财务上可以查?"比王学明的口气更生硬。没等王学明回答,奚雨生又说:"都像你这样一会儿一个电话,公司电话费也承担不起。"

刚才还好好的,有说有笑,怎么为两个电话就变起脸来了?于慧芳一看气氛不对,马上打圆场说:"可能事有凑巧,刚巧有两只电话打给王经理。"刚说到这里,她的手机也响了起来,吓得她赶快把电话揿掉。尴尬地笑笑,继续说:"其实,王经理的电话费也不算多,每月也就三百元左右。"

"你查都没查怎么知道?"奚雨生把矛头指向于慧芳。心想,要你多嘴。

听奚雨生的口气,估计问题不是出在电话费的多少上,可能另有原因。于慧芳嘀咕道:"电话费是我去交的,我怎么不知道。"她一向敬重王学明,所以心里向着他。

于慧芳是公司的内当家,公司的一本账都在她心里,她掌握着公司几乎所有的秘密。所以,奚雨生见她顶嘴,心虽不悦,但也不敢对她怎么样。他转换话题说:"慧芳,你刚才的电话怎么不接?要是银行或与应收应付款有关的要紧事,不就要被耽误了?"

于慧芳假装生气说:"你那副样子,谁还敢接电话。"

王学明心里很不是滋味,怎么人家的电话可能有要紧事,我的电话就不重要了?这还是小事,问题是自己作为一个副总经理,你奚老板居然当众让我难堪,下不了台,在别人眼里我还有什么尊严脸面可言。幸亏是在董事会上,要是在其他场合,自己还要不要做人?要不要开展工作?他心里憋屈,脸色就难看。他知道,那天清晨沙发上的事,奚雨生一定还记恨在心,但报复也不是这样报的呀。他明白,今后的事可能还多着呢。

见气氛有些沉闷,奚雨生意识到自己有些过分,便换了一副面孔说:"好了,这事不说了,今后大家都要注意点,能节省的地方尽量要节省,就从一个电话做起。下面继续开会。"

接下来奚雨生继续布置任务。明天的两件大事都与王学明有关。会议室要布置，人员要统计与通知，音响要调试；饭店要联系沟通。事无巨细，王学明都要过问。

事到年关，有些人闲得无所事事，有些人却忙得晕头转向。常言道，事情越多越容易出错，越忙越容易出乱。农历二十八下午三时，要准时召开管理人员大会。这天一吃过中饭，王学明就带领办公室主任胡作惠及两个后勤人员，对会议室的布置作最后的检查调整。

两时许，镇人民医院的王书记打来电话，要王学明马上去一趟他的办公室。

王学明回他说："王书记，我们三点要开大会，我现在正忙着呢，来不了。"他和医院的王书记关系不错，不知这时候叫他去有什么要紧事，但他不想这个时候离开岗位。

"王经理，你最好马上来一趟，就几句话和你沟通一下，耽误不了你参加会议。"

"什么事这么要紧，能先透露一下吗？"

"关于工程的事，我们医院明年要扩建，不知你们公司对这工程感不感兴趣？"

"王书记，这事你最好找我们奚老板。"在这节骨眼儿上，王学明不想再多些事出来。

"我和他不熟。再说，他也不懂设计方案。我们做了两套方案，你先来拿去帮我们看看，是否有改进的地方。你是专家，这方面你才有说话的资格。过来吧，就算你帮我一个忙吧。"

话说到了这个份儿上，就没有再推托的理由了。王学明看了看表，现在是两点十分。公司到医院也就一公里路程，油门一踩三分钟就到了。便说："好吧，我马上来。"

王学明走的时候对胡作惠说:"你们继续,我有要紧事出去一下,不超过半个小时就回来了。"

"王经理,你放心去吧。"胡作惠嘴上这样说,心里却说,就你有要紧事,人家都是闲人?为广告布的事,他一直耿耿于怀。

事不宜迟,王学明下楼,发动汽车,风风火火赶到王书记那里,前后不到十分钟。

王学明坐下后,王书记要给他沏茶,他直摇手说:"王书记,快不要泡茶了。我们说事,我马上要走的。"

王书记见他真有急事,也就算了。他放下茶杯,去文件柜中拿医院的扩建设计方案。还没等他把方案从档案袋中取出,王学明的手机就响了起来。一看是奚雨生的,王学明心里一怔,马上接通了电话。

"老板,我在医院。"没等奚雨生开口,王学明先汇报说。

"在医院?你病了?"

"我没病……"

王学明还想说下去,就被奚雨生打断了:"你没病?你没病去医院干什么!"口气很不客气。

"我有事……"

"你有事,我还有事呢!"王学明的话再一次被打断。这一次奚雨生的声音很高,旁边的王书记听得一清二楚。

在王书记面前,王学明有些尴尬,他把王书记抬了出来,说:"是医院的王书记叫我来有事。"口气也不客气。

"王书记叫你有事?是王书记的事重要,还是我的事重要?真是岂有此理!"

"你吩咐的事我不是都办好了吗?"王学明口气生硬地说。他想不起还有什么事没做好,不知道奚雨生这无名之火从何而来。

"办好了吗？马上要开大会了，会议室你布置好了吗？"

会议室上午就布置好了，担心有不周到的地方，下午王学明又带着胡作惠等人重新去检查一遍的。

"老板，会议室都布置好了呀。"王学明按捺住心中的不快，尽量显得心平气和。

"都布置好了吗？你马上回来看看，究竟布置好了没有。"口气像吵架。

"是布置好了呀。"王学明犯起了倔。他认为奚雨生在没事找事，在故意找碴儿。

"还强词夺理！你给我马上回来！"奚雨生大声说。旁边的王书记听得直朝王学明看，心想，这时候还真不该叫他来。

王学明想解释说，我来医院是为医院扩建工程的事，是为了公司的业务。可听奚雨生这种态度，一想算了。他对奚雨生说："我马上回来。"挂了电话后对王书记说："王书记，谢谢你对我的信任。这事今后再说吧。"说完和王书记握手告别。

王学明风风火火地赶回公司，三步并作两步上楼来到会议室时，奚雨生正虎着脸反背着手站在主席台前。这时离开会时间还有二十多分钟。

王学明心里不快，没有和奚雨生打招呼。他避开他锐利的目光，沉着脸很快扫视了一下会议室，从主席台上看到主席台下，没有发现有不妥之处。他尽量沉住气，对虎着脸一言不发的奚雨生说："不是都布置好了嘛。"

"还狡辩！主席台上的椅子都放到位了？名字的牌子都放对了吗？"奚雨生满口火药味。

王学明重新向主席台上看去，看后心里一怔，还真发现了问题，这问题不细看还看不出来。原来最中间的位子，也就是等会儿奚雨生坐的椅子偏在了左边,严格地说,那个位子上没有椅子。更要命的是,他王学明的名字牌与奚雨生的名字牌换了个位置。王学明心里咯噔了一下,快步来到主席台上,把两人的名字牌调整好,把偏在一边的椅子挪到中间。心想,这牌子是我摆放的,怎么会出现这种情况,是自己一时粗心,还是后来有人不小心弄错了?

王学明又想,就这点小事,你奚雨生也用不着发这么大脾气嘛,像是摆错了牌子我要篡位似的。况且,我去医院也是为了公司的业务。王学明感到既委屈又气愤,脸阴沉着十分难看。

王学明摆正牌子、移好椅子后向台下走的时候,奚雨生朝他说:"你不是说已经布置好了吗?"

王学明想说些什么,但话到嘴边还是咽了回去。他阴冷着脸从奚雨生的旁边走过去。

奚雨生见王学明不接他的话,以为他无视他的责问,更来了火,提高声音说:"王学明!既然都已布置好了,你还上去干什么?"

这时,王学明开始冷静下来。他站定后朝奚雨生平静地说:"老板,我已经把牌子调整了,把椅子移好了。"说实在的,此时他心里鄙视他。

马上要开会了,已经有人陆续向会议室走来。看来,奚雨生在处处找碴儿。王学明心事重重地回自己的办公室,发言稿还在抽屉里,等会儿还要发言呢。

王学明去医院后,胡作惠按参加会议的人数,叫另外两个人又逐一清点了一遍椅子数。会议快开始了,他把主席台上七个董事会人员的茶杯中都放上茶叶,逐一倒上小半杯开水,等会儿人到齐了再续满。

主席台上七个位子一字排着,正中是奚雨生,奚雨生的右边是李怀善,左边是王学明。胡作惠在给王学明的茶杯中倒开水时,心里很不是滋味。心想,要不是一票之差,这个位子就是我胡某人的了。今天开会就是别人给我泡茶了,也许还可能是你王学明给我泡茶呢。现在,你坐着副总经理的位子,对我呼来唤去,让我为你服务。而且,广告布生意不叫我妻子做而去叫你的同学做,这不是明显不把我放在眼里吗?想到这里,一个恶念突然来到他的脑海里,一阵阴笑掠过他的脸上。

看看没什么要做的了,胡作惠把另外两个人打发走后,便去把奚雨生和王学明两人的名字牌换了个位置,而且把正中的那只椅子移到了靠王学明的一边。然后耸了耸肩,怪笑一下,向奚雨生的办公室走去。

"老板,会议室已全部布置好了,你要不要再去检查一遍。"见奚雨生在看可能是马上要发言的稿子,胡作惠小心翼翼地说。

"嗯,不必了。"奚雨生抬头看了一眼胡作惠,低头继续看稿子。

"老板,我认为你还是再去检查一遍。"

"为什么?"奚雨生心不在焉,头也不抬。

"可能还有考虑不周的地方。"

"不是有王学明吗?哎,王学明呢?他不在吗?"奚雨生这才意识到,这应该是王学明来汇报的事。这下他完全抬起了头。

胡作惠说:"他不在。"

奚雨生说:"他不在?他去哪里了?"

胡作惠说:"不知道,他接了一个电话就走了。"

奚雨生心里嘀咕,什么事这么忙。自己想在开会前再看一遍发言稿，到时读起来好流利一点，这个节骨眼儿上，这种事还要来烦我的神，真是岂有此理。他没好气地朝胡作惠说："知道了，你去吧。"

胡作惠没有走远，而是站在一个拐角处看奚雨生的动静。他不知道刚才奚雨生说的"知道了"是什么意思，是知道了王学明不在会议室，还是知道了他再去检查一遍会议室。

胡作惠来汇报工作打乱了奚雨生的思路，他心里有些烦躁。干脆不看稿了，他想放松一下自己，顺便去检查一下会议室，不要真的还有没考虑周到的地方。胡作惠看到奚雨生向会议室走去，才窃喜着离开了拐角。

奚雨生来到会议室，首先向主席台上自己的位子看去。这个位子象征着他在公司的权力和地位，每次开大会端坐在这个位子上，他的自豪感就会油然而生。是啊，自己是老板，是广厦建筑公司的老总，平时一呼百应，全公司唯我独尊，能不自豪？现在，企业又升级了，等会儿坐在主席的位子上高谈阔论，侃侃而谈，将是何等地风光，何等地荣耀。想到这儿，刚才的烦恼一扫而光。可当他的目光触及他的位子时，刚产生的好心情又突然消失。自己的椅子怎么移到了王学明的那边，更可恼的是，自己的名字牌和王学明的换了个位置，怪不得胡作惠要我再来检查一遍呢。可胡作惠既然发现了，为什么不调整好呢？为什么一定要叫我来看呢？难道另有玄机，还是他认为这是王学明故意这样做的，才叫我再来检查一遍的？可王学明会故意这样做吗？即使他想当一把手，也不会愚蠢到明目张胆搞这种幼稚可笑的小把戏。可即使不是他所为，也是他工作没做好。在这节骨眼儿上你擅自离开岗位，说到底还是你王学明的错。幸亏发现得早，等大家都来了，不闹出笑话来才怪呢。

第十章

王学明回办公室后，想再看一遍发言稿，可心情不佳，怎么也看不进去，干脆不看了。他开始想刚才的事，觉得这事来得蹊跷，自己走的时候还好好的，怎么一转身就出事了？是奚雨生故意为之嫁祸于我？一想不可能，他真想嫁祸于我，也不会用这种小儿科的卑鄙伎俩，如他真这样做了，那他的小人也算是做到家了。

不是他那是谁？那就是胡作惠了。王学明又想起了去年选副总经理和这次做广告牌的事，便肯定了这想法。心想，这小子人品也太差了。他看了看表，该去会议室了。

他重新来到会议室时，人员都到得差不多了。一年就一次全体管理人员大会，平时大家在各个工地、各个岗位上忙碌，难得聚到一起。今天相聚到了一起，叽叽喳喳就有说不完的话。

刚才，离开会还有一段时间，奚雨生也回了办公室，他点了根烟，也想刚才的事。他也觉得放错牌子的事来得蹊跷，王学明不可能粗心大意犯这种低级错误，更不可能故意为之。那么，就是有人在这事上做了手脚。这人不会是别人，一定是胡作惠。他不但想嫁祸于人，还挑拨我和王学明的关系。看来，胡作惠也不是什么好东西，不但有野心，还是个小人，由此看来，此人不能重用。

君子防小人，小人同样担心身旁有小人。

奚雨生和王学明一样，也想到了那次重选副总经理和这次做广告牌的事。

王学明那当副镇长的同学郭敬涛，一次次在奚雨生面前念叨王学明怎样有水平、有能力，而且连镇长也一次次对他说要好好培养、提拔王学明，使本来对王学明就有了成见的奚雨生心里很不舒服，而且，那次签发票的事他一直耿耿于怀。他想，王学明已经是副总经理了，还要我怎样培养他、提拔他？难道要我让位？一想，不是没有可能。什么时候他那两个在镇上做官的同学联名上书，或到镇长那里一念叨，让王学明当广厦建筑公司的一把手，让我当他的副手或当一个不干预具体工作的董事长，那就完蛋了。想到这些，他不寒而栗。不行！我不但不能提拔他，而且不能再让他老向镇上跑了，必要时还得想办法把他副总经理的位子撸掉。但这得寻找机会，寻找理由。

终于，机会来了，理由也有了。

镇区有几条街，近几年每逢大雨便成涝，原因是下水管道埋得太浅，管径太小。镇政府领导几下决心要改造下水道，但考虑到影响居民的日常生活和资金短缺，喊了几年也没能付诸实施。这次镇政府痛下决心，并且一定要改造到位。政府准备招标确定施工单位。一次会议上，分管市政建设的副镇长郭敬涛提议，直接把这工程交给广厦建筑公司，理由是这几年镇政府几乎所有基建项目都是广厦建筑公司施工的，而这次的下水道改造工程，要求施工单位垫百分之六十的资金，广厦建筑公司为政府承担责任义不容辞。

　　与会的建管所所长茅旭宏马上附和说:"我同意郭副镇长的意见。虽然是下水道工程,但牵涉到好多技术上的问题。譬如要考虑到近五十年内的最大降雨量,涉及排水的范围和面积,要计算管径的大小,管道埋设的深度、坡度等一系列的技术问题。广厦建筑公司的王学明是工程师、这方面的专家,他既能设计、画图,又有施工经验,如把这工程交给他们公司,除了可以让他们垫资外,还可以为镇政府省下一笔设计费,我们在管理上还省心便捷。"

　　就这样,广厦建筑公司得到了该工程项目。可对奚雨生来说,这工程像块鸡肋。做了,垫这么多资金,是个负担;放弃了,会被人家小看,家边头的活让给人家,不但面子上说不过去,而且今后政府有了好的工程项目,要想争取,就难以开口了。所以,这工程奚雨生接得有点勉强。

　　工程接下后,王学明理所当然地承担了设计和施工任务。王学明接下任务后,根据当地历史上有记载以来的最大降雨量、最大排水量等技术参数计算好管径、管道的埋置深度和坡度,画好施工图,然后交给技术科做好预算,再交镇政府审核。镇政府审核通过后,王学明马上组织人力物力,紧锣密鼓地开展工作。

　　工程进展到一半时,正是骄阳似火的大伏季节。

　　一天下午三时许,奚雨生并非心血来潮,自己开车来到施工现场。平时有王学明负责施工,他很少过问这工程。今天上午,他去镇上办事,在办公楼的走廊里遇见了镇长,镇长因心情不错,叫他去坐一会儿。镇长叫他,他当然高兴。坐定后镇长说:"下水道改造工程进展得比我们预期的快,质量也不错。王学明还真是个人才,看来,你这个当老板的,有些地方还得好好向他学习呢。"

"是是是，他年轻，有文化，有技术，是得向他学习。"奚雨生嘴上这样说，心里却很不是滋味。他已经不止一次听镇长在他面前表扬王学明了。

回公司后，他又想开了镇长的话，难道镇长的话还有其他含意？他心里不适，还有些不服，他要去现场看看，工程究竟干得怎么样。

来到施工现场，奚雨生见工人们一个个挥汗如雨。粘满泥迹的衣衫上没有一点儿干斑；有的工人干脆只穿一条短裤，身上晒得黝黑发亮。奚雨生感叹道，建筑工人真辛苦，赚钱不容易啊。主管道的混凝土管已经铺设好，工人们正在用素混凝土护管。奚雨生看不出有什么问题，在沟边站了不到十分钟，衣衫早已湿透。他说了句这个鬼天气怎么这么热后便转身离开，想去其他施工段看看，能不能发现些问题。刚转身，他忽然想起了什么又回了过去，重新审视施工现场，这一审视，还真发现了问题。

尽管天热得像下火，但奚雨生仿佛忘记了热，他逐个打电话，叫其他六个董事会人员马上来工地现场。

第一个接到电话的是王学明，听奚雨生的口气好像有些不对，可不知发生了什么，是工地上出了问题，还是有其他要紧事？来到现场，见奚雨生衣衫湿透，白净的脸晒得通红，可表情却冷若冰霜。王学明见奚雨生冷脸对他不说话，正疑惑间，其他五个人也陆续到了。

奚雨生背着手虎着脸站在沟边上，其他人见状，不知发生了什么。因为是王学明负责这工程，都朝王学明看，想在他脸上看出点什么。王学明被看得周身不自在，茫然地看了看奚雨生。

在你看我、我看你，一群人像在演哑剧的时候，奚雨生终于开口了。他用手撸了一把脸上的汗水,说:"这么热的天把大家叫来,有点过意不去,但这事又不得不让大家知道,而且一定要到现场看了才清楚。"他睥睨了一眼王学明,继续说:"所以,大家还是先看了现场再发表意见。"

站在沟边的其他六个人,均朝沟底工人们施工的地方看去。脸晒得通红的于慧芳对建筑施工是外行,她穿着中跟凉鞋,担心一不小心滑到沟底去,看了一眼便迅速离开沟边。其他几位倒是认真仔细地看了又看。工人们见公司的最高领导们都来了,以为是来检查工作的,光膀子的赶快去拿了衣衫穿上,没戴安全帽的也赶紧去把安全帽戴上。以安全施工的要求,工人是不允许裸着头、光着膀子施工的,可天实在太热,又是在施工下水道工程。在太阳偏西,阳光被街屋挡住后,有些工人就脱掉了衣衫,摘掉了安全帽。王学明想,奚雨生不会是为安全施工的事把大家叫来的吧。

这么热的天,一群衣衫光鲜的人,站在下水道的施工现场指指点点,路过的市民不知发生了什么,就有人不顾炎热酷暑,驻足看热闹。有人认出这是广厦建筑公司的高层领导们,想看个究竟,便站在屋檐下的阴影处朝他们看。

看看差不多了,奚雨生手一挥说:"回公司开会。"

大家分别上了自己的汽车或摩托车,让奚雨生先走后,其他人便鱼贯向公司驶去。没有一个人发现有什么问题,回公司的路上,都有点丈二和尚摸不着头脑。李怀善和王学明想到了一块,奚雨生这样兴师动众,不会是为安全施工的事吧。

小会议室热得像烘箱,于慧芳抢先去把空调打开。奚雨生先去他的专用盥洗室擦洗了一番,换了件短袖衫,然后来到会议室。

"本来想在工地开个现场会的，可有些话不便当着闲人和工人们说，所以把现场会移到公司的会议室来开。"奚雨生点了根香烟继续说，"谁先说说，刚才在现场看出了什么问题。"

王学明和李怀善听后想，看来并不是为安全施工的事，否则怎么不能当着工人们说呢？可不为这又为什么呢？众人面面相觑，不知说什么好。

"李怀善，你先说说。你是工民建毕业的大专生，又是公司的常务副总经理，应该看出问题。"奚雨生知道别人可能看不出问题，说不出所以然，所以先点李怀善的将。

"我没有看过施工图，单凭现场，我没看出问题。"李怀善实话实说。

奚雨生面色凸显不悦，他扫视了一下其他人，说："你们呢，有谁看出了问题？"

李怀善也没看出问题，其他人就更看不出了。

见大家面面相觑，谁也不说话，奚雨生并没有让王学明发言，而是面孔一板，桌子一拍，说："我看你们都是败家子！"

气氛骤然紧张起来，室内除了空调的嗡嗡声，静得仿佛没人一样。开董事会，还从来没有见过奚雨生发这么大脾气。于慧芳用眼角偷看了一眼奚雨生，见他的脸阴得吓人，赶快低下头去。王学明是当事人，知道是自己的事，想说些什么，可又不知说什么好，干脆阴着脸不说话。

"说话呀！都哑巴啦？"奚雨生大声吼道。然后他指着王学明大声说道："你！王学明！你干的好事，你怎么不说话？难道想让别人来为你承担责任？"

王学明坦然地说："说实话，我也没看出有啥问题。有错的地方你朝我说，这工程是我负责的，跟他们无关。"

"你还知道承担责任了？你现在能得不得了了。"奚雨生接着想说，你现在是镇上的大红人了，可一想不妥，马上改口说，"哪里还把我们放在眼里。"

王学明仿佛一下子钻进了云里雾里，不知奚雨生发的哪门子火，更不明白自己哪里逞能了。他心里不高兴，言语不免重了起来："奚老板，我有错你就说嘛，光发火干什么？"

说实话，奚雨生刚才的火是故意发的，对别人是装样子的，对王学明则是想先给他个下马威。现在，样子装过了，威也发过了，就开始了他的言归正传。他稳定了下情绪，用手指在空中朝大家划了一下，说："难道你们都没有看出来？"他又点了根烟继续说："下水管道用得着埋这么深吗？下水道的管径用得着那么大吗？护管的混凝土标号用得着这么高吗？"奚雨生一口气三个反问。

王学明没想到是这三个问题。心里说，用得着这样兴师动众、大发雷霆吗？嘴上却说："奚老板，我这是在按图施工，按规范施工。施工中的用料也没有超过图纸上的要求。"

王学明为自己辩驳，无异于火上浇油。奚雨生提高声音说："难道我不知道是在按图施工吗？你按图施工了，可公司到哪里去赚钱？"

"如不按图施工，镇上和质监部门来检查时不要出声音吗？"王学明明白奚雨生的意思，可他认为只有按图施工，按规范施工，才能保证工程质量。而且这也是施工单位和施工人员的行为规范、职业道德。但他更知道，现在有些施工企业，为了赚钱，根本不顾工程质量，施工时偷工减料，结账时买通建设单位的现场负责人，采用多签证多结算的手段来获取利益；施工时不按图施工，结算时却按图结算等手段来谋取高额利润。可王学明受过传统的家庭教育和正统的高等教育，为人处事一向循规蹈矩。这很不符合奚雨生的口味，所以，两人常为这种事意见不合，甚至发生口角。这次，看来闹得有点大了。

"质监部门会来计较这种屁事？镇上分工负责该工程的不是你那两个同学吗？平时你们经常在一起吃吃喝喝，关键时刻他们不帮忙，不是白喂他们了吗？"

"帮忙也得讲原则。政府花那么多钱把工程交给我们公司，如果质量出了问题，我们不但不能向政府交代，更重要的是不能向全镇的老百姓交代，不能向后人交代。"王学明不想在吃吃喝喝的问题上纠缠。他意识到，奚雨生可能在借题发挥，这一定别有原因。但在工程质量上，他认为必须坚持原则。

奚雨生又拍了一下桌子说："王学明！你也太狂妄了。难道我要你来给我上政治课？"

"我没有这意思，我只是做了我应该做的，说了我应该说的。"不管奚雨生怎样发火，认准了理，王学明也会固执己见。

没想到一向温文尔雅的王学明会当众顶撞自己，奚雨生想发作，可理由上不了桌面，只得强压火气，瞪了他一眼说："还强词夺理，你只考虑工程搞好了是你的成绩，可以得到政府的表扬。你有没有为公司考虑过？"

"怎么没有考虑过？工程质量搞好了，不是可以提高公司的声誉吗？"王学明冷冷地说。

"你懂个屁！你知不知道，公司垫这么多资金，每月要支付多少贷款利息？如果不在材料和人工上动脑筋，公司到哪里去赚钱？还有，你看看工人们一个个晒得像黑鬼，干着这么重的活，到时候拿什么去给他们发工资发奖金？"奚雨生吸了口烟，顿了顿继续说，"一个下水道工程，管径小一号就出不了水啦？管道铺设得浅一点水就不流通啦？护管的混凝土标号低一点管子就会移动啦？工程一结束，路面一浇好，谁知道下面是个什么样子？你以为你是大学生、是工程师就能到天上去了？给我来讲那些大道理，好像我是外行似的。告诉你，我也不是学裁缝出身的，你来公司前我就已经吃了十几年的建筑饭了，用得着你来教训我？"奚雨生越说越生气。

"我没有教训你的意思，我只是说说我的理由、我的观点。"王学明没好气地说。

"还嘴硬！王学明！我告诉你，你这是吃里扒外。你损害公司的利益而讨好镇上，你想干什么？想高就去镇上当官还是想当公司的一把手？想去镇上当官你尽管去，没人拦你，想当公司的一把手还轮不到你呢！"奚雨生气呼呼地端起茶杯向桌子上重重一放，杯子被震得茶水四溢。

王学明没想到奚雨生这种话也说得出来，气呼呼地说："你爱怎么说就怎么说。"

没想到王学明不但不接受批评，反而一句也不让，奚雨生火冒头顶，拍着桌子说："好！王学明，这是你说的。那我就说了，你这个副总经理已当到头了，明天就重选！散会！"奚雨生说完，气呼呼地首先离开会议室。

留下的六个人中，除王学明外，另外五人面面相觑，不知他们之间究竟发生了什么。但都知道，单为下水道工程是不会闹到这种地步的。大家同情王学明，想说些安慰话，但又不知说什么好。只有李怀善似乎听出了些端倪，他过去拍拍王学明的肩膀说："走吧。"

李怀善替王学明感到难受，为了避嫌，散会后，他没有去他的办公室，回到自己的办公室关上门后，立即给他打电话："学明，回办公室了吗？"

"回了，有事吗？"王学明还在生气。

李怀善问："明天选举时你怎么办？"

王学明说："什么怎么办？"

李怀善说："你准备选谁？"

王学明气呼呼地说："我也不知道，他让选谁就选谁吧。"

李怀善说："不行！你不能轻易放弃。"

"我有什么办法。"王学明赌气说，"再说，这样的副总经理，不当也罢。"

"不行！不管结果怎样，你必须选自己，多一票是一票。"李怀善再一次强调，要他不能放弃。

王学明想，是啊，我没做错，为什么要放弃。到时候即使落选，自己的一票也是态度，是对自己的肯定。他提了一下神说："好吧怀善，我听你的。"

奚雨生回办公室后，还在生王学明的气，但又有一种如释重负的感觉。这下好了，如明天能按自己的意愿改选成功，今后就没有被替代的后顾之忧了。他开始考虑候选人的对象，说实话，要说谁最有资格当公司的副总经理，除李怀善外，还非王学明莫属，但正因为如此，他才会给自己构成威胁。除王学明，还有谁适合这个位子呢？董事会中的另外几个人都不行。撇开董事会人员，他首先想到的是生产科长和办公室主任，但生产科长学历低，办公室主任胡作惠倒是学工业与民用建筑的大专生，而且他在自己面前还走得勤，对，就让他做候选人。

次日下午一时，奚雨生把科长以上的干部召集起来开会，他亲自主持会议。会议内容就一个，重选两个副总经理。大家有点莫名其妙，两个副总经理当得好好的，怎么又要重选了，不免把目光都投向王学明和李怀善。李怀善表情凝重，王学明则神情自若。

填写选票前，奚雨生把李怀善、王学明和胡作惠三个候选人分别作了介绍，其实，不介绍大家都了解他们。奚雨生对李怀善和胡作惠两人的优点作了重点介绍，言外之意，他希望大家选李怀善和胡作惠两人。介绍完毕后，他让于慧芳给大家发事先准备好的选票。于慧芳发选票时想，如果大家不傻的话，都能听懂奚雨生的意思，王学明必落选无疑。她为王学明感到难过和惋惜。

选举仪式很简单，没有选票箱，也没有监票人。奚雨生气势威严地端坐在主席的位子上，他让大家填好选票后，直接把选票放在他面前。公司有现存的做工精细的投票箱，这是为每年选举镇人大代表或其他选举活动准备的，现在就存放在公司的陈列室里。可奚雨生不用，要大家直接把填好的选票放在他面前，意思很明白，我就坐在这里，看你们谁敢不听话。虽然他看不见大家选的是谁，可他这样做，无疑是一种胁迫和威慑。

三个候选人也填了选票。王学明虽然知道自己没有胜选的可能，但他神情泰然，把填好的选票折了两折，和别人一样，放在奚雨生的面前。奚雨生在王学明转身离开时，迅速把他那张选票抓在手里，打开看了一眼，然后重新折好后与其他选票放在一起。这动作和他看后的表情被李怀善等好几个人看了个正着。

于慧芳等三个不是候选人的董事会人员负责唱票和计票。结果出来了，李怀善以超过半数当选，王学明超过胡作惠一票也当选。这结果符合大多数人的意愿。说实话，有些人是受了奚雨生的鼓动和那威严的气势才选胡作惠的，现在好了，皆大欢喜。

大家是欢喜了，可奚雨生却不高兴了。这不白折腾了吗？不但没有达到目的，还失去了面子。他不但对选举结果感到十分遗憾,甚至对这次弄巧成拙的选举感到后悔。他恨那些不听他话的人,恨他们拎勿清,更恨王学明居然一点也不谦虚,说穿了就是不买他奚雨生的账,当仁不让地选了自己,而且他的一票成了关键的一票。可以说,是他这一票保住了他副总经理的位子。奚雨生的脸冷得像块铁,他避开王学明的目光,怒目扫视了一下大家,沉着脸说:"结果都知道了,散会。"

　　选举失败后,奚雨生很不甘心。不行!不能就此作罢。他想,要想解除后顾之忧,还有一条路可走,就是把镇上所持的百分之三十的股份吃到自己名下,况且,前一阵子镇上也提过要解决此事,现在解决正是时候。三天后,奚雨生用自家的私人房产,去建设银行贷到一笔资金,用以购买镇上所持的股份。不到半个月,办齐了各种手续,镇上所持的股份顺利地到了奚雨生的名下。这下,奚雨生的心里踏实了许多。

　　选举事件后,王学明知道,他和奚雨生结下了心结,但他我行我素,一如既往地做好自己的工作;拿下镇上的股份后,奚雨生虽然成了说一不二的老板,但他对王学明却一直耿耿于怀,甚至寻机会找他的麻烦。直到上级要求广厦建筑公司的资质升级,王学明成为操办这事的不二人选时,奚雨生才转变了对他的看法和态度。

第十一章

奚雨生想起上次改选副总经理的事,偷鸡不着反蚀了把米,狐狸没逮着反弄得一身臊,王学明在背后不知会怎样讥笑我呢。每每想起这事,奚雨生心里就不是滋味。企业资质升级,王学明立下汗马功劳,奚雨生本来想摒弃前嫌,在今年的年终会议上,好好肯定一下他的成绩。可前几天他来给我大谈什么老鼠的事,还说什么小老鼠怎么不被猫吃掉、不被冻死等话;而且最近还给我添了几件麻烦事,弄得我与建设银行周莫诚的关系好尴尬;更有甚者,我与徐悦云在沙发上亲热时,还被他撞了个现行,弄得我反而有把柄在他的手里,是可忍孰不可忍;今天马上要开大会了,你正事不干,无毛无病去医院干什么?要不是我及时发现,主席位子就变成你王学明的了,到时候,在全公司管理人员面前,不要闹出天大的笑话来?真是岂有此理!

看看时间差不多了,奚雨生面无表情地向会议室走去。

见奚雨生走进来,偌大一个会议室顿时安静下来。站在边上的徐悦云等奚雨生坐下后,马上去给他的茶杯中续开水,然后给其他董事会人员逐一续水。当给王学明倒水时,她下意识地看了他一眼。

奚雨生扫视了一眼台下，见二百多人面带微笑一齐看向他，他的精神为之一振，心情好了许多。他清了清嗓子，然后开始他一年一度的年终报告。他首先讲了今年公司取得的辉煌成就，当他讲到今年的施工面积创历史新高，产值利润创历史新高，特别是当他讲到企业由原来的二级资质晋升为一级资质时，他更是红光满面，神采飞扬。他喝了口茶继续说："这些成绩的取得，靠的是广大干部职工的认真工作和艰苦奋斗，靠的是台上全体董事会人员的共同努力。所以，我们今年对全体干部职工提高了工资和奖金，等会儿吃年夜饭的时候，我要好好敬大家一杯！"

这时，台上台下群情振奋，发出雷鸣般的掌声。

掌声停下后，奚雨生话锋一转，换了一副面孔说："今年虽然取得了一些成绩，但还存在一些问题，还有许多不尽人意的地方。"说到这里，他故意停顿了一下，扫视了一下台下，接着说："譬如，有些人，因为做出了一点儿成绩就沾沾自喜，就骄傲自满。这些现象在某些人身上还相当严重，特别在个别董事会人员身上尤为突出。"

奚雨生此言一出，会场气氛骤变，一下子静得出奇。台下两百多双眼睛一齐向台上的七个人逐一看去，想从其他六个人的脸上读出奚老板指的是谁。

奚雨生喝了口茶接着说："说实话，在今天的会议上，我本来想充分肯定一下他的成绩，好好表扬他一番的。可他以为对公司有了贡献，就不知天高地厚，尾巴翘到天上去了。特别是最近一段时间的所作所为，更是令人气愤。"

偌大的会议室里一片肃静，气氛紧张。特别是主席台上几个人，神态更是严肃冷峻，他们都知道奚雨生在批评谁，但都不知道事出何因。他们一个个握着笔看着面前的笔记本，貌似在做记录,其实心里都忐忑着。都在想自己最近一段时间里有没有做错事,奚老板接下来会不会把矛头指向自己。王学明没想到,在今天这个场合奚雨生会拿他开刀,而且一点儿不留情面,太不可思议了。坐在台下第一排的胡作惠,则幸灾乐祸地盯着王学明看,心里的高兴劲儿无以复加。

奚雨生继续说:"也许有人会问,在今天这个场合,什么事让我这样气愤呢?说出来也许大家会不信。作为企业的高层管理者,一个副总经理,竟然工程不分大小,都要想方设法从中渔利,拿好处,吃回扣。今天借此机会,不妨透露一两件给大家听听。我们这个楼顶上的广告牌,就几千元的广告布的制作和安装费,工程不算大吧?可造价竟然超出市面价的一倍。这超出的部分,明白人都知道会怎样处理,大家想一想,连几千元的工程也要吃回扣,其他大工程就可想而知了;还有,今年上半年,建设银行负责信贷的领导家里搞一个小工程,由他去负责施工,恐怕大家想不到,就这个五万元造价的工程居然要向人家收八万多元。人家找上门来,你们说我有多尴尬。公司每年的贷款都靠着这个信贷部主任,同志们,他可是我们公司的财神爷啊,叫我今后还怎样去面对他?这不是在拆我的台吗?不是在拆公司的台吗?一个公司的副总经理,竟然做出这种混账事来,是可忍孰不可忍!"

所有人都听出来了,奚老板在批评谁。了解王学明的人心里嘀咕,王经理可不是这样的人嘛,怎么一下子就变了?难道真像奚老板所说的,因为有了成绩就翘尾巴了?人就变了?不了解王学明的人心里想,这个王学明,也太不像话了,堂堂一个副总经理,每年有不菲的收入,还有红利分,怎么几千元的工程也要吃回扣,不怕烫嘴?

王学明是个注重仪表的人，因为今天要坐在主席台上，而且还要发言，所以他今天西装革履，外罩黑呢半大衣，穿戴得十分整齐。现在，众目睽睽之下，他如众矢之的，浑身不自在，气愤之下，感到自己这身穿着也十分别扭。他气得脸都变了色，眉宇间的那颗痣涸成了紫红色。他心里说，简直是无中生有，胡说八道。他想愤然离座而去，可一想不行，现在离去，不亚于懦夫。不！既然自己是清白的，就应该堂堂正正抬起头来。他强压住怒火，正襟危坐；他昂起头，平视前方；他紧闭嘴唇，面色冷峻；他以无声抗有声。这时，奚雨生还在喋喋不休地讲着，可王学明已不在乎他讲什么了。他想，等会儿自己讲话的时候，一定要用事实来声明自己是清白的，哪怕与奚雨生当众翻脸。

奚雨生终于讲完了，他一个人讲了两个多小时。根据会议议程，李怀善和王学明两个副总经理都要发言，可时间都被奚雨生占用了。奚雨生是故意为之，他担心王学明发言时为自己申辩，使场面出现尴尬。奚雨生讲完后，看了看手表就直接宣布散会，本来由李怀善说的，散会后大家直接去饭店的话也由他代说了。

散会了，王学明还端坐在那里，注视着前方，目光中有怨也有恨。台下所有人离开会议室时，仿佛一个个行注目礼似的再向他看一眼。主席台上的人走得差不多的时候，李怀善好像还在整理资料。当七个人走得只剩下他和王学明两人时，他走过去拍拍他的肩膀，说："走吧，别放在心上。"话就一句，却充满着同情和理解。

王学明心头一热，感激地看了他一眼。

"你先去，我马上就来。"口气很平静，却充满信任和情谊。

李怀善走后，王学明稳定了一下情绪，准备离开会场。

这时，整个会议室只剩下了两个人，除王学明外，还有一个是坐在边角上旁听会议的徐悦云。她还没走，大家走后她还要关空调，关电源，收拾茶杯。王学明心情沉重地从她身旁走过时，她轻声说道："王经理请留步。"

王学明一怔，不知她想干什么。他蓦然间想起她与奚雨生在沙发上相拥的一幕。难道她也想嘲讽羞辱我一番？他没好气地说："什么事？"

徐悦云没有计较王学明的口气，向门口看了看，确定人都走了，才轻声说："王经理，我知道你是好人。"她好看的脸蛋表情十分真诚。

"什么意思？"王学明疑惑地看着她说。

"王经理，我知道你是受冤枉的，你是好人。"徐悦云又说了一遍他是好人。

"哦！我哪里受冤枉了？"王学明猜不透她的用意，并不想多搭理她，边说边向外走去。

"奚雨生说你在广告牌和建设银行信贷部主任家的事上拿好处、吃回扣，他是在瞎说你，冤枉你。"这是她第一次在人前不称奚雨生为奚总或奚老板。

"你怎么知道的？"王学明对这个漂亮的保洁员不免产生了好感，停住脚步问。

"是奚雨生对我说的。"

"噢……他为什么要对你说这些？"王学明疑惑不解。认为奚雨生不过是把她当作玩物，怎么可能把这些告诉她。

"她说今后你如果为难我，就可以用这些事来当，当……"徐悦云想了一会儿说，"也就是当武器使的意思。"

"那么，他瞎说我，冤枉我，也是想把这些事当武器来使？"

"对对对，像今天开大会，他就是用这些事来批评你的。王经理，奚雨生不是好人，他是个卑鄙小人。你今后要多加注意。"徐悦云说完，似乎轻松了许多，脸蛋也仿佛更灿烂了。

"小徐，你知道他为什么要这样做吗？"

王学明陷入沉思，猜不透奚雨生为什么要这样做，或许就是因为他看到了他们沙发上的一幕。

"我不知道。"徐悦云茫然地说。

徐悦云想，也许王经理在哪里得罪了奚雨生；或者是奚雨生要防着王经理什么而故意抹黑他；或者就是因为王经理看到了那次沙发上的事。想到这儿，徐悦云的脸上羞出一片红晕。

王学明说："你告诉了我，就不怕奚雨生报复你？"

"我已经不怕了。"徐悦云轻松坦然地说。

"为什么？"王学明不但疑惑，还有点好奇。

"因为我要走了。"

"你要走了？难道你走了就不来了？"

"对，不来了。明天上午我把会议室打扫干净，下午就走。车票我已经买好了。"

王学明有些感慨。他看了一眼面前这位美丽的姑娘，瞬间对她刮目相看。明天要走了，而且走了就不再来了，还要把会议室打扫干净了再走，多好的一个姑娘，可惜被奚雨生糟蹋了。希望她能走好今后的路，再也不要走错了。

"小徐，你要走的事，奚雨生知道吗？"

"不知道，知道了他会想办法拦我的。"想到今年的年终奖金今天上午才拿到的，心里说，幸亏自己多了一个心眼。我要是对奚雨生说我年后不来了，他会给我这么多钱吗？

今天上午，徐悦云一早来到奚雨生的办公室，面呈笑容地说：“奚老板，人家的年终奖金都拿到了，我的怎么不发？”徐悦云说着来到他的身旁，替他的茶杯中续水。

奚雨生笑着说：“你的奖金我早已准备好了，只是还要看看你最后的表现。”说着就去搂她的腰。

徐悦云边挣脱边说：“奚老板，我先要看看你的表现呢。”她放好热水瓶后来到他桌子的对面。

"这鬼东西，越来越鬼了。好好好，先看我的表现。"奚雨生边说边从抽屉中拿出一个信封，递给对面的徐悦云。

徐悦云打开一看，马上阴下脸来，噘着嘴说："就这么点？"

奚雨生说："这还少？办公室工作人员的奖金还没你多呢？"

"那你明年叫办公室的工作人员来做你的保洁员。"徐悦云边说边把信封放进口袋里。

"好好好，再加一点。你过来，我不是说还要看你最后的表现嘛。"奚雨生淫笑着说。

"不行，我得先看你的表现。"徐悦云勉强挤出一丝生硬的笑意。

"那你说还要多少？"奚雨生心里痒痒，他想趁此时没人，和她亲热一番。他离开座位走了过去。

徐悦云知道他想干什么，边做防范边说："五万。"

奚雨生听后一怔，站住脚步说："什么？你说还要五万？小徐，你不是在和我开玩笑吧？"

"谁和你开玩笑。奚老板，我一个黄花闺女来到你这里，把最宝贵的给了你，我已青春不再。而且，在这里，别人都以异样的目光看我。我不但损失了青春还损失了名誉。奚老板，我也不要你付我青春损失费和名誉伤害费，我只是家里急需要一笔钱。我弟弟要读书，我爷爷身体不好要就医，所以才向你开口的。奚老板,这五万元就算是你预支给我的,明年你随便给多少我都无所谓。奚老板,就算我求你了。"徐悦云想到伤心处,说着说着眼泪就出来了。

奚雨生被她说得心软了下来,有些怜香惜玉。而且,徐悦云只要继续在这里干,这个尤物就继续掌控在自己的手里。心里虽然不愿,但还是去包里拿出准备去打麻将的五万元钱。徐悦云勉强破涕为笑,接过钱转身就走。奚雨生想去搂她也没来得及,说了句这个鬼丫头后,若有所失地回到椅子上。

王学明不免多看了一眼她,心想,这个徐悦云,不但有正义感,还是个有心计的人。他关切地问:"不来了,那你去哪里?"

"我也不知道,明年再说吧。世界之大,总有容纳我的地方吧。"徐悦云有些伤感,也有些自信。

是啊,她已有了些社会阅历,已经不像刚出来时那样,仿佛刚离窝的小鸡不知南北东西了。

王学明看着她一副老成持重的样子,说:"小徐,祝你好运。相信你一定能找到好的工作。"他已完全改变了对她的看法,继续说:"小徐,今后如再来这里,有需要我帮忙的地方,请打我电话。"

"谢谢王经理!我一定会的。"徐悦云想,你自己也泥菩萨过河,自身难保呢,还想着帮助别人?可又一想,他外面人脉广,或许今后真有需要他帮忙的地方。她嫣然一笑道:"王经理,到时候你可不能不理我啊。"

"不会的。"他想向她要电话号码,一想公司的通信录上有,就放弃了这念头。

"喔!还有,王经理,我今天和你说的这些,你可不能告诉别人啊。特别是我明年不来上班的事,你暂时先替我保密。谢谢你!"

"放心,我还得谢谢你呢。"

"那我忙去了。"徐悦云说完,收拾茶杯去了。

王学明看了下表说:"喔唷,时间不早了,我得赶快去饭店了。小徐,你稍微收拾一下也马上过来。"

"噢,知道了。"声音轻松悦耳。

王学明匆匆离开了会议室。

第 十 二 章

王学明来到饭店时，大家都已各自找位子坐下了。偌大一个餐厅里，欢声笑语，人声嘈杂。因每桌上都有两包中华香烟，喜欢吸烟的早已开始吞云吐雾；冷菜已上齐，桌上坐满十个人的已大呼小叫地吃喝起来。按惯例，董事会人员坐一桌，还有三个空位要么空着，要么根据奚雨生的喜好叫人来坐满。因为桌上就于慧芳一个女的，去年吃年夜饭时，她去拉徐悦云坐在她的旁边。徐悦云虽然在办公大楼里干着最低等的活，可她平时与公司的高层领导们离得近，而且还与于慧芳经常在一起说说私房话。所以，把她拉在一起吃顿年夜饭在情理之中，像富人家的保姆逢年过节时被主人请上桌一样。

李怀善已翘首望了好几次，他担心王学明生了气不来参加晚宴。他正想借故去洗手间打电话时，见王学明推门进来。奚雨生也向门口看了好几次，他也担心王学明生了气不来了。王学明如不来，就是故意给他难看。今天大会上批评他，不过是要让他今后学乖点，要他懂得我奚雨生是广厦建筑公司的老板，要说谁红谁就是红的，要说谁黑谁就是黑的。但不能和他闹翻，今后还要靠他做事呢。见王学明走进门来，奚雨生心里松了口气。他的举动和神情没有逃过李怀善的眼睛，但他的心思别人却猜不透。

王学明进门后，见门口一桌有位子空着，便坐了下去。

"王经理，你不坐到主桌上去？"一个工地负责人说。

"一样的。"王学明笑笑说。

工地负责人知道是被奚老板批评的缘故，看了他一眼便不再说什么，桌上其他人都不知说什么好，一时都噤了声。主桌上的人都看到王学明进了门，见他坐在门口一桌，都用眼角朝奚雨生看。奚雨生有些尴尬，张了张嘴，不知说什么好。李怀善看在眼里，起身向门口那桌走去。

李怀善拍拍王学明的肩说："他叫你去。"

"这里一样。"王学明笑了下说，他明白李怀善说的他指谁。

李怀善俯身耳语道："去吧，我们都在等你，别和他一般见识。"

王学明不好再推辞，起身跟着李怀善向主桌走去。

王学明面无表情地在李怀善和于慧芳之间坐下，没和谁打招呼。于慧芳转过头说："怎么到现在，就等你了。"

王学明笑笑，没说什么。他坐下时用眼梢瞄了一眼奚雨生，正好奚雨生也在朝他看。随即，各自收回目光。

李怀善见场面有些尴尬，笑着朝奚雨生说："老板，董事会人员都到齐了，我们这桌要不要再叫人了？不叫的话，是不是可以开始了？"

奚雨生朝门口看去，他心里还牵挂着一个人。

于慧芳善解人意地说："咦，徐悦云怎么还不来？"

"不等了，我们先开始吧。"奚雨生说着先拿起了筷子。

都听出来了，奚雨生的意思是边吃边等，便一起拿起了筷子。不一会儿，大门开处，徐悦云姗姗来迟。进门后，她见门口一桌有空位,便坐在了王学明刚才坐的位子上。于慧芳坐的方向正好面对大门,徐悦云进门时她看得真切。她看了一眼奚雨生,奚雨生正在朝徐悦云那里看。于慧芳心中会意,起身去叫徐悦云。

"小徐,坐我们那儿去。"于慧芳拍拍她的肩膀说。

"于会计,我就坐这里吧。"徐悦云边说边脱外套。

"我们那儿就我一个女人,喝酒的时候他们老欺负我。你去了,我就有了帮手。"一个不错的理由。

办公大楼里很多人都知道徐悦云能喝酒,而且喝了脸不红。徐悦云能喝酒,是一次她与于慧芳吹牛拉家常时说漏嘴的。去年吃年夜饭时,董事会的几个人嚷嚷着要于慧芳喝酒,说女人做事能顶半边天,喝酒也不能落后。于慧芳酒量小,又怕喝多了失态,说:"你们欺负我一个弱女子算什么本事,我推荐一个人,你们谁能喝赢她,方显男人的本色。"

奚雨生一听来了兴趣,笑着说:"谁呀,你把她抬得这样高?"

于慧芳说:"徐悦云。"

一听是她,奚雨生更来了劲,自己想叫她喝还怕别人说闲话呢,现在有了代言人,便顺水推舟说:"好啊,我就不信,我们这几个大男人,就没有人能喝得过一个小女人。"

"奚老板,你就不要大男子主义了。结局如何,喝下来见分晓。"于慧芳心里明白,奚雨生巴不得和徐悦云在一起推杯换盏呢。

结果,徐悦云还真是巾帼不让须眉,一顿年夜饭把几个大男人喝得七歪八斜,她自己却面不改色心不慌。

徐悦云还真不想去,她特别不想再见到奚雨生了。可于慧芳来叫就不好推托了，而且，这也许是最后一次和她一起吃饭了，便重新穿上外套，和于慧芳一起向主桌走去。

徐悦云穿了件粉色羽绒服外套，长发垂柳般披散在脑后，虽未化妆，脸色还有些忧郁，但仍显得雅致美丽。她礼貌地和大家打过招呼，便在于慧芳的另一侧坐下。

徐悦云的到来，有些沉闷的气氛轻松了许多，也避免了些许尴尬。徐悦云也尽量让自己显得高兴一些。她把笑容挂在脸上，把羽绒服脱下后挂在椅子的靠背上。里面葱绿色的紧身羊毛衫，把她的身段勾勒得山是山、沟是沟、坡是坡。坐在斜对面的奚雨生，尽管清楚她身上的每一个角落，但这时仍然看得直咽口水。看到徐悦云迷人的身段，有人想寻开心开开她的玩笑，可碍于奚雨生在场，只好把玩笑连同口水一同咽进肚子。徐悦云脱外套时，身旁的于慧芳早已在她的杯中倒满了红酒。因奚雨生喝红酒，所以，主桌上的人都喝红酒。

徐悦云见大家朝她看，脸微微一红，站起来举杯朝奚雨生说："奚老板，我先敬你一杯。祝你春节愉快，也祝公司今后更加兴旺发达。"说完与站起来的奚雨生隔着桌子碰了下杯，然后一饮而尽，并向大家亮了亮杯底，举止尽显豪迈大方。奚雨生心里高兴，也一饮而尽。

于慧芳不失时机地又替她把杯满上。徐悦云没有坐下，而是举杯敬李怀善，而且另有一番说词。喝过后于慧芳又替她满上，并笑着朝她说："看来，我今天要做你的专职服务员了。"

徐悦云并不答于慧芳的话，站在那里举杯朝王学明说："王经理，第三杯酒我要敬你。你是公司学历最高、水平最高、能力最强，也是人品最好的人，虽然以前你没少批评我，但你是我最值得敬佩的人。祝你今后再接再厉，好自为之。"徐悦云说着，把满满的一杯酒又灌进了口中。

奚雨生听着听着脸就阴了下来。这个徐悦云,敬你的酒,怎么评价起人来了。我刚才在大会上批评王学明,你现在却为他大唱赞歌,这不是在替他平反昭雪吗?难道你想和我唱对台戏?真不识时务。他狠狠地瞪了她一眼。

其他人则认为,徐悦云虽然说得不无道理,但说得不是时间,也不是场合。有人偷偷瞄了一眼奚雨生,再看看徐悦云。于慧芳见奚雨生的脸阴沉下来,没有再替徐悦云倒酒。可徐悦云不顾别人怎么想、怎么看。见于慧芳没再替她倒酒,自己便拿过酒瓶斟满一杯,朝旁边的于慧芳说:"于会计,你既是公司的领导,也是我的姐,我今天叫你一声于姐。于姐,第四杯酒我要敬你,感谢你平时没有把我当作一个搞卫生的下人看待,希望你今后一如既往,并且不要把我忘记。"说到这里,徐悦云有些动情,声音有些哽咽,她一仰脖子,又一杯下了肚。她的后半句说得玄玄乎乎,桌上只有王学明明白个中之意。

徐悦云并不顾及大家的眼神,也不顾及奚雨生的脸色,自己又倒满一杯。于慧芳见状,知道她心里有苦,担心她这样喝下去,非把自己灌醉不可,便去夺她的杯子,说:"好了,等会儿再喝。"

徐悦云把于慧芳的手向旁边一拦,豪迈地说:"于姐,别管我,我今天高兴。"

徐悦云又举起杯子,向其他三个董事会人员各敬了一杯,然后才摇摇晃晃坐了下来。她已经忙碌了一个下午,又累又饿,空腹连干七杯,确实够她受的。

奚雨生一开始还以为徐悦云年轻幼稚,自以为酒量大,不知天高地厚。可当她敬王学明时便感到有些不对劲,她为什么要为他打抱不平？难道除我之外，她与他也……心想，王学明比我年轻，长得神气，所以，不是没有可能。奚雨生醋意顿生，心里狠狠瞪了一眼王学明。接着他想，要真是这样，我那五万元给得不是太冤了吗？奚雨生恨得咬牙切齿，他恨王学明，也恨徐悦云。王学明呀王学明，你也太过分了，夺人所爱也要看对象；徐悦云呀徐悦云，你这小蹄子，原来你脚踏两只船，而我却做了个冤大头，看我明年怎么收拾你。奚雨生的脸色越来越阴沉，桌子上完全没有了吃年夜饭的欢乐气氛。

李怀善本以为徐悦云来了能调节气氛，哪知道会是这样。他不明白这其中究竟发生了什么，一看气氛有些不对，台下用脚碰了下王学明，站起来说："学明，我们俩敬奚老板。"

王学明怎么也不会想到，在这种场合，徐悦云会替他说话，也不知她是有意还是无意。但不管有意还是无意，今天她肯定得罪了奚雨生。心想，你倒是可以一走了之，可我与他之间的结却越来越难解了。在他胡思乱想时，李怀善邀他一起敬奚雨生，他便机械地站了起来。

"不行，敬我必须满杯，刚才小徐敬酒也是满杯。"见王学明杯中不满，奚雨生勉强装出高兴的样子。他突然意识到，今天是吃年夜饭，自己是在场两百多人中的老板，是主角，不能老是阴着脸。

于慧芳见状，马上替王学明的杯中满上，并趁机碰了他一下，示意他热情一点。

王学明硬挤出一丝僵硬的笑容，说："老板，我们敬你。"笑容僵硬，声音也不滋润。

李怀善和王学明刚想坐下，奚雨生又发话了："敬了我还要敬大家，像小徐一样。"说着看了一眼徐悦云，心里说，你既然赞扬他，就让他学你的样。

李怀善酒量不行，歉意地朝奚雨生说："老板，我不行。"

奚雨生生硬地说："你不行两人中派一代表。"明摆着，只能是王学明喝了。

见逃不过，王学明只好硬着头皮上。他已有了三分酒意，便平添了三分豪气，拿过服务员刚开好的酒瓶，右手端杯，左手握瓶，像徐悦云一样，逐个敬了个遍。王学明喝酒上脸，一圈下来，面孔早已红得像关公。按他的量，这点酒，问题不是太大，可奚雨生怂恿其他人敬酒，说年酒一年就一次，一定要喝个痛快。一时间，觥筹交错，气氛开始活跃起来。桌上的人轮着敬完后，王学明开始晕晕乎乎了，眼前开始出现重影，不过，脑子还清醒着，心里也明白着，自己并没有醉。他想就此刹车。

奚雨生见王学明还没醉，心里不甘，正在想下一个主意时，公司中层以上的管理人员，向主桌上的最高领导们敬酒来了。奚雨生心想，这下好了，够你小子好好喝一壶了。

有人开了头，后面便接踵而来。一拨一拨的人轮着来敬，酒量小的一起敬大家，酒量大的逐个敬。直把桌上喝得兴致高涨，欢声笑语一片。王学明想以酒冲刷心中的块垒，一杯一杯地往嘴里灌，哪知道举杯消愁愁更愁，直喝得天旋地转，眼冒金星。虽然脑袋沉重，嘴里却还在喊喝。奚雨生见王学明的脸成了猪肝色，舌头也不灵活了，心想，这下可能差不多了，便觉心中顺畅。

高潮终于过去，酒足饭饱菜也好，吃喝得差不多了，人们开始散席。主桌也开始散席。徐悦云起身离去，除了和于慧芳打招呼外，没有和其他人道别。奚雨生看着她离去的背影，爱恨交加。他知道王学明醉了，便赶快起身离去。他一走，大家便鱼贯而去。

王学明见大家走得差不多了，才摇摇晃晃站起来，开步时一个趔趄，险些摔倒。他两手撑住桌子，勉强站住。李怀善知道他喝多了，没有马上离去，扶着他问："行吗？"

王学明一手撑桌子一手摇了摇说："没事。今天奚雨生故意要把我弄醉。可我没醉。"说完打了个嗝。

李怀善小声说："不要瞎说。"说完看了下旁边，见没人，才放下心来。

王学明含糊着说："我没瞎说，你以为我醉了？我明白着呢。"

李怀善担心他要吐，想扶他坐下。

"没事，走吧。"王学明说着便摇晃着向外走去。李怀善跟在他后面寸步不离。

数九寒冬，朔风凌厉，光秃秃的树枝被风刮得发出呼啸之声。王学明来到室外，被寒风一吹，模糊的意识清醒了许多，见李怀善跟着他，挥着手说："怀善，真的没事，你也回吧。"

李怀善听他口齿清晰了许多，步履也稳了，以为他真的没事了，但还是跟着来到他汽车旁。见他开门、上车、关门一连串动作都没问题，才放心离去。

第十三章

　　王学明上车后,感觉好了许多,可头还沉得很,太阳穴上的青筋跳得厉害,他警告自己千万不能出差错。所以,他没有马上走,而是先小憩了一会儿,自以为没问题时才发动了汽车。离开灯火通明的饭店时,门口已没有了人。开出五十米后他拐了个弯,进入河道旁的一条马路后,他开始加大油门。昏暗的路灯使他发觉车灯还没有打开。

　　打开车灯的瞬间,他发现前面不到五米处,一辆自行车正歪歪斜斜蛇游一样在向前行驶。王学明一看不好,急打方向盘可忘记了踩刹车。随着"嘭"的一声响,自行车被撞倒,人影一晃,掼向一边。王学明大惊失色,本能地猛踩刹车,轮胎发出尖锐刺耳的摩擦声和难闻的橡胶味。王学明的酒一下醒了八成,他的第一反应是:糟了!糟了!出大事了!

　　王学明挂好挡后迅速下车,来到前面察看情况。自己的汽车被撞瞎了一只眼,人家的自行车被撞得变了形,一个中年男子倒在路侧石旁的香樟树下直哼哼。在另一个车灯的灯光下,中年男子蜷缩着身子,两手捧着满脸是血的头,边哼哼边呜哩呜哩不知在说些什么。

一看中年男子可能没有生命危险，王学明狂跳的心才慢慢平静下来。心想，应该先把他送医院。

天冷得出奇，路上已没有了行人。王学明虽然酒醒了七八分，可脚上却轻飘飘的。他心慌意乱，颤抖着身子，孤立无援地一把抱起沉重的中年男子，摇摇晃晃向汽车走去。这时，中年男子的口齿开始清晰起来，"王经理，你怎么把汽车开到了我身上。"

王学明又是一惊，他认识我？仔细一看，满是血的脸虽然有些模糊，但轮廓还能看得清楚。原来被撞的是他公司工地上的一个施工员。

"杨云宝，你没事吧？"王学明满嘴酒气地问。

"王经理，我头疼死了。"杨云宝满嘴酒气地答。

听口气，杨云宝可能只是头部受了损。听他说话还算流利，王学明的心又宽了些许。他抱着沉重的杨云宝，来到汽车门口。杨云宝已不再哼哼了，他让王学明把他放下。王学明把他放下后，一手扶着他，一手开车门。杨云宝坐好后，他赶快去把已不成形的自行车搬到路边，然后上车，开着亮着一只大灯的汽车，掉头向医院驶去。

杨云宝是公司出了名的大酒量，但大酒量往往容易喝醉。今天公司吃年夜饭，大家开心，喜欢热闹的杨云宝更是高兴得手舞足蹈，准备大干一场。敬别人的时候他先干为敬，别人敬他的时候他决不偷懒，别人为他倒酒时他来者不拒，别人称赞他酒量好时他豪气冲天地满杯干。还没到散席他就喝得七荤八素，散席时别人向大门外走，他却摇摇晃晃向厕所的小门走去。来到厕所，他左手撑墙，右手把食指和中指伸向喉咙。他张大嘴巴号了几声，一阵翻江倒海的恶心后，把吃进去的酒菜饭的混合物大部分倒进了大便池。他双手撑墙大幅度地喘了一阵，感觉好了许多，他连吐几口,吐掉口中的残留物后,才到洗手池上把手和嘴巴简单地处理了一下。然后一脚高一脚低,摇晃着走出卫生间。

服务员已把餐厅里的残局收拾得差不多了,他如再在卫生间待一会儿,恐怕大门也锁上了。杨云宝来到门外,被凛冽的西北风一吹,清醒了许多。门外已没有了人,门前的夜空被霓虹灯闪烁得光怪陆离。杨云宝脚步轻飘飘的,好不容易找到自己的自行车。这时,王学明正在汽车内小憩。

杨云宝扶住自行车龙头,踢开撑脚,几次上车都没成功,还险些摔了跤,看看不行,只好作罢。他推着自行车,头重脚轻,冒着刺骨的寒风,向回家的路上走去。拐弯后,又走了一段,感觉好了许多。他见路上空无一人,便紧握龙头,努力地上了车,蛇游一样向前骑去。还没骑出多远,就被王学明的汽车撞上了。汽车撞在自行车上,没有直接撞到杨云宝身上,自行车倒下时,他被摔向路旁,撞到一棵香樟树上后掼倒在路边,头摔在了路侧石上。幸亏王学明方向盘打得及时,车速不算太快,否则,他的小命恐怕就不保了。

"杨云宝,现在感觉怎么样?"去医院的路上,王学明再一次问。

"其他没什么,只是头又痛又沉。"杨云宝又想说,王经理,你怎么把车开到了我身上,可一想也怪自己车子骑得像蛇游。

王学明想,只要没有生命危险,事情就好办多了。他一会儿就把汽车开到了医院。

急救室的半玻璃门紧闭着,门后挂着棉帘,一个值班医生坐在空调下打瞌睡。王学明扶着满头是血的杨云宝进门时,把一阵夹着酒气的寒风也带了进去。医生抬头看了一眼,吸了一下鼻子,知道可能是酒后闹事或醉后摔伤的,他有些厌恶地皱了皱眉头。

"医生，快！这人受伤了。"王学明催促着说。

医生见杨云宝的头上还在流血，和王学明一起边扶他上床边朝里间喊："小浦，有病人来了。"

里面走出一个模样清秀的护士，懒洋洋的一副无精打采的样子，看来也在里面打瞌睡。当她看到王学明的时候，马上有了精神，一惊一乍地说："王经理，怎么是你？"

王学明一愣："你认识我？"

小浦边和医生一起处理伤员边朝王学明嫣然一笑，说："王经理，上次你感冒来住院，不是我帮你挂的水吗？你真是贵人多忘事。我还知道，你和我们王书记是朋友呢。"

王学明想起来了，还是去年的事。怪不得有些面熟，他笑笑说："是的，想起来了。"

医生见杨云宝并无生命之虞，想叫王学明先去挂号付了钱再处理伤员。可一听小浦认识他，又是什么经理，还与他们的王书记是朋友，就不敢怠慢了。

王学明见自己帮不上忙，便说："你们忙，我去挂号。"

王学明挂完号回到急救室，医生和小浦正忙碌着。伤口周围的头发已被剪掉，小浦在用消毒药水清洗伤口，杨云宝疼得直哼哼。王学明一看伤口足有五公分长，皮下的肉向外翻着，仿佛满口是血的嘴巴，他心里一阵惊悚，想，怪不得流了那么多血呢。谢天谢地，总算没有把脑壳撞开，否则，怎么得了。

伤口缝了二十几针。医生开了验血和做脑CT的单子。小浦说："王经理，你去付款，我们去替他做脑CT。"

杨云宝这时才想起说："王经理，你替我给家里打个电话。"他告诉了家里的电话号码。

王学明付完款后给杨云宝家里打电话，担心他们朝坏处想，说杨云宝不小心在路上摔了一跤，现在在医院处理伤口，不过并无大碍，叫他们不要着急。杨云宝的妻子知道丈夫的德性，肯定是喝多了出的事，虽不怎么着急，但还是风风火火地往医院赶。

杨云宝在透视室做脑CT的时候，王学明和小浦在门外等，小浦问："王经理，怎么是你把他送来的？"

"小浦，让你见笑了，是我的汽车把他给撞了。"

小浦在替杨云宝处理伤口时，隔着口罩还能闻到浓烈的酒味。现在才发觉，王学明口中的酒味也很刺鼻，猜想他们是在一起喝的酒，但不知道他们是怎样撞上的。她不便多问，噢了一声。

很快，杨云宝被推出了透视室。谢天谢地，脑子总算没问题。但医生说要住院一个星期，一是要挂水消炎，二是还要观察。虽然现在没大事，但不能保证病情不会变化。

杨云宝被安排到病房后，不多一会儿他的妻子就赶到了。王学明向她解释了事情的经过，向她道了歉，并保证一切医疗费用和损失，包括撞坏的自行车都由他王学明承担。

杨云宝在旁边听了说："这不能全怪王经理，我也有责任。"他心里明白，要不是自己骑车像蛇游一样，王学明就不会撞上他。杨云宝平时很敬佩王学明，而且，王学明是公司的高层领导，自己还要在公司干下去。加上他当时糊里糊涂，根本就没注意到，王学明在撞他之前没有开车灯。所以，他怎么也不会把责任全部推给王学明。

妻子见丈夫没有伤筋动骨，只是受了点皮外伤，就没有朝更多的方面去想，她猜想丈夫可能是喝多了没有骑好车才被撞的。所以更不想报警，毕竟王学明是公司的领导，而且他已表了态。或许这次事件后，丈夫还因祸得福能得到提拔呢。她怪丈夫说：

"我就知道是你的责任。"她转身朝身上满是血迹的王学明说:"王经理,你回去吧,这里有我呢。"

"好吧,那我先回去了。我明天再来。"

"王经理,马上过年了,这几天你忙,明天就不一定来了。"杨云宝的妻子说。她想了想又补充说:"有事我们会打电话给你的。"

"好吧,明天我看情况。"王学明从上衣口袋里掏出一张名片交给杨云宝,说,"上面有我的手机号码。"

王学明又吩咐了一番杨云宝,叫他一定要安心养伤,然后才离开了医院。

夜已深,风小了许多,医院前面小河里的冰,在微弱的星光下一片灰白。路上鬼影也没有一个,王学明路过刚才出事的地点时停了车。他下车后发现,那辆扭曲的自行车还静静地躺在路边,在昏暗的路灯下显得十分丑陋,路侧石上暗色的血迹在夜幕中形状怪异,一看现场便知这里发生过车祸。王学明准备简单处理一下现场。他把自行车移走时想,反正要赔人家新的,最好把它扔得远一点。他看了看四周,发现不远处有个垃圾房,便有了主意。自行车变了形,后轮扭曲得厉害,已不能滚动,但前轮还能扭曲着勉强前行。王学明左手握着冰冷刺骨的龙头,右手提着坐凳,艰难地向垃圾房推去。当他使了好大的劲才把自行车扔进垃圾房时,早已累得气喘吁吁。他的心情既沉重又难受,他想起了杨云宝头上嘴巴一样的伤口和浓烈的血腥味,感到一阵恶心,胃里开始翻腾起来。他马上来到路边,面向花坛蹲了下去,掏出平时备用的面纸擦了擦右手,然后把食指和中指向喉咙伸去,腹部一提,随着"喔"的一声,一股酒和食物混合成的黏稠液体便喷了出来。他喘了几口气,使劲吐了几口,然后用面纸把嘴巴和手擦干净。这时虽然喉咙口感觉痒痒的、酸酸的,但胃里总算平静了许多，也舒服了许多。

到家时，屋里早已黑灯瞎火。这几年，王学明早出晚归已习以为常。妻子范静雅知道他外面应酬多，晚回家甚至不回家，她并不过多地去干预他。她也知道外面诱惑多，但她自信，凭自己的贤惠漂亮和丈夫的人品，丈夫不会背叛她。妻子越是信任，王学明越不做对不起她的事。

王学明开门后把客厅的灯打开，雪亮的灯光下他发现，黑呢半大衣上到处是斑迹，有杨云宝的血迹，也有自己的呕吐物。他看看能否洗干净，一看又开始恶心起来，心想算了，扔掉拉倒。他有些心疼，但想到杨云宝总算没出大事，损失件衣服算不了什么，心里便释然了许多。他费了好大工夫才把自己洗漱好。进房间时早已过了子时，房间里温暖如春，空调的嗡嗡声低沉柔和。

"怎么到现在？"妻子的声音也很柔和。

"嗯。"王学明钻进被窝后，靠在床背上想心事。他把床头灯拧得勉强能看清物体的轮廓。

怎么就回答一个字，声音还有些沉闷？范静雅疑惑地看了他一眼。见他靠在床背上没有睡下去，她声音有些慵懒地说："怎么，还不想睡？"说完打了个哈欠。

"你先睡吧。"王学明有气无力地说。

听口气，猜想丈夫可能遇到了不开心的事，范静雅便想问个究竟。她侧身面向丈夫，摇着他的大腿说："怎么，年夜饭吃得不开心？"

王学明想等明天再把撞人的事告诉妻子，可不说出来心里堵得慌，便说："静雅，我的汽车撞人了。"

"什么，你的车撞人了？"范静雅睡意顿失，瞪大眼睛惊疑地看着丈夫。

"是的。静雅,我撞人了。"

"你没有受伤吧?"范静雅翻身坐了起来,打开房灯,察看丈夫的脸,再掀开被子看他的手和脚。

王学明拉上被子苦笑着说:"我没受伤,是人家伤了。"

范静雅松了口气,说:"人家伤得严重吗?"见丈夫没伤,她才稍稍放下心来。

"撞得头破血流,不过没有生命危险。"

"噢,阿弥陀佛。"范静雅一听伤者没有生命之虞,便放下心来,接着说,"他是谁?现在在哪里?"

"他是我们公司工地上的一个施工员。我已经把他送医院了。现在他的妻子在陪他。"

"这就好。"听说是公司里的人,范静雅知道事情要好办得多。她终于松了口气,也不问是谁的责任,她认为,事情犯也犯了,只要丈夫不伤,人家不死,一切都可以用钱来摆平。是福不是祸,是祸躲不过,也许丈夫命中合该有这一劫。她想通了,困意又上来了。她又打了个哈欠,躺下身子说:"睡吧,再有几个小时要天亮了。"说完把房灯关掉。

妻子是个明理、开朗之人,喜欢把问题朝简单处想,所以,生活过得优哉游哉,这是她的最大优点。为了让妻子的生活过得没有烦恼,王学明平时一般不把烦恼事带回家,像许多官员在上级面前一样,他在妻子面前报喜不报忧。今天,他不想把一天内在自己身上发生的许多事告诉妻子。但汽车撞人的事不能瞒,也瞒不过。

"睡吧。"王学明把床头灯关掉后也躺了下去。睡下后,他想在脑子里整理一下今天发生的一切,可实在太累了,不一会儿,便睡着了。

第十四章

今天是腊月二十七,是公司大楼里全体行政管理人员上班的最后一天,明天就要放春节假了。昨天吃过了年夜饭,今天除财务人员还在忙着,其他人员已无所事事了,生产科、技术科的人已不来上班了。董事会人员还要站好最后一班岗。徐悦云还不能走,她也得站好最后一班岗。按她的计划,完全可以一走了之,但是她不。最近几天,她仿佛换了个人似的,人生态度有了很大的改变,对为人处世也有了新的认识。

徐悦云今天来得特别早,奚雨生来上班时,她早已把他的办公室收拾完毕。她今天要尽量避免和他接触。她把他的办公室收拾好后,再把昨天下午开会的大会议室收拾干净,桌椅摆放整齐。接着她去给李怀善和王学明打扫办公室。给王学明收拾办公室时,已快九点了,可王学明还没来上班。

徐悦云从来没有像今天这样认真注意过王学明的办公室。办公桌坐西面东,正面的东墙上并排挂着中国地图和世界地图;地图两侧各挂着一幅书法作品,左边是"业精于勤",右边是"厚德载物";北墙进门的西侧挂着梅、兰、菊、竹四帧竖长条的中国画,四帧画像东墙上的两幅书法作品一样,镶在玻璃框内;室内的盆景没有特别的讲究,南墙靠排窗的东西两墙角处各置一花几,上面分别放着兰花和绿航绿萝;南窗下放着一排沙发和茶几;王学明座椅的后面是一排书柜,里面放着各类书籍和资料,书籍有建筑工程的施工手册、设计手册及各类施工规范,还有几十册古今中外的文学名著。徐悦云知道王学明是个爱读书的人,所以,这些书籍都不是摆设。

徐悦云边打扫整理边等王学明。最后一次为他收拾办公室了,想起过去对他有些不恭,她心里感到亏欠,所以这次她做得特别认真仔细,连从来没有为他整理过的书柜也不放过。在整理书柜时,她先把书籍和资料取出来,柜格中不管有无灰尘,她都认真仔细擦抹,擦抹干净后,再把书籍和资料按原样放进去。从下到上,逐层逐格整理收拾。当收拾到最上面一层的最边上一格时,一只紫砂茶壶引起了她的注意。她拿在手上小心翼翼地仔细察看,这是一只和奚雨生那只摔碎的一模一样的茶壶,她很是诧异,莫非王学明的这只茶壶也是……还是像那天晚上自己所怀疑的,那只茶壶或许根本就不是出于名家之手的绝版货?

徐悦云计划上午把工作全部做完,吃过中饭就走人。这一走和广厦建筑公司就拜拜了。她不想和任何人道别,但王学明除外。她认为他是个值得信赖和尊敬的人,而且说不定自己会再来这里。他说过,她如再来这里,他愿意帮助她。所以,她一定要和他当面道别。现在,她还想弄明白有关茶壶的事。尽管她知道,现在即使弄明白了也没有多大意义,因为那不堪回首的一页已经翻过去了。

该收拾的都收拾好后,她迫不及待地拨通了王学明的电话。

"王经理,你在哪儿?"徐悦云第一次主动给王学明打电话,心里不免有些紧张。

"小徐，有事吗？"

王学明昨天睡得晚，今天早上睡过了头。如在平时，范静雅早就把他叫醒了，可今天没有，要让他自然醒。过了八点王学明才醒来。洗漱好，吃过早饭已近九点。他没有去办公室，而是直接去了医院。

"王经理，你上午要来办公室吗？"徐悦云答非所问。

"等会儿要的。"

"噢。"看来只得在办公室等他了。

"小徐，我现在在医院，找我有事吗？"王学明再一次问。

"在医院？王经理，你不舒服吗？"徐悦云吃了一惊。猜想他不会是昨晚喝多了才去医院的吧？

"不是。我来看一个人。"

"噢！原来是这样。"徐悦云松了口气。

"小徐，有事吗？"王学明又问了一遍。

"王经理，你能告诉我在哪个病房吗？"她决定去医院找他。

这个徐悦云，问了几遍也不说何事，估计有话要当面说。王学明告诉她，他在住院部的几楼几号床后便挂断了电话。

公司离医院不远。不一会儿，徐悦云便来到了王学明面前。两人来到走廊尽头说话。当知道王学明来医院的具体原因时，徐悦云后悔不已。她认为，昨天如果王经理不喝那么多酒，就不会连车灯也忘了开；如果开了车灯，就会提前发现前面喝多了酒的杨云宝，也就不会出事了。她难过地说："王经理，都怪我。我知道，昨天如果不是我故意为你说了话，奚雨生可能就不会找理由让你喝那么多酒了。奚雨生这是在故意为难你。"

"唉，不说这些了。如果奚雨生要找我的碴儿，还怕没机会？小徐，还有事吗？"

111

"王经理，今天我为你整理了书柜，你不介意吧？"

"怎么会呢，我应该谢谢你呢。"王学明知道她今天要离开这里了，而且这一去就可能再也不会回广厦建筑公司了，走之前还替他收拾办公室，而且连书柜也不放过，心里很是感激。

"王经理，你书柜中的那只紫砂茶壶真好。"徐悦云把话题引到茶壶上。

王学明笑了笑说："一只普通的茶壶而已。"他不知她怎么对那只不起眼的紫砂茶壶感起了兴趣。

"是在宜兴的丁山镇买的吗？"徐悦云不能肯定，两只看上去一模一样的茶壶，产地和价格是不是也一样。

"是啊，你怎么知道的？"王学明感到诧异。

"我猜的，因为奚雨生也有一只和你一样的茶壶。"

"对，他也有一只。是我们一次去宜兴订购琉璃瓦时，在丁山镇的一家茶壶店一人买了一只。"

"很贵吗？"徐悦云关心的是价格。

"不贵。店家开价两千元，最后以每只二百元人民币买下的。"王学明不明白她的意思，不免多看了她一眼。

"噢……这个畜生！"徐悦云咬牙切齿地说。

"怎么啦小徐？你在骂谁？"王学明感到莫名其妙。

徐悦云阴沉着脸沉思良久，抬手撩了一下遮在脸上的几根长发，然后慢慢舒展开微皱的眉头。一段时间来，她已经把许多事看透了，看淡了，也看开了，时间已使她受伤的心得到了抚慰，她已没有了过多的计较，认为一切都是命运的安排。她虽然在痛骂奚雨生，但也只是口头上求个痛快。接下来，她平静地把那天不小心打翻那只紫砂茶壶的经过，以及接下来所发生的事，和她当天夜里的怀疑，向王学明简单地叙述了一遍。

王学明听后感到很气愤,说:"还真是个畜生!"

徐悦云没有再骂奚雨生。一段噩梦般的生活已经结束,没必要再为过去的事烦恼和悲伤了。茶壶的真相已白,她的身心反而感到一阵轻松。她想,原来我并不欠别人什么。

"王经理,下午我要回家了,我来向你道个别。奚雨生和别人都只知道我明天走。"徐悦云的意思很明白,她今天下午走,公司只有他王学明一人知道。

"我知道了。小徐,谢谢你对我的信任。祝你一路平安。也祝你和你的家人春节快乐!"王学明有些感动。

"谢谢!也祝你春节快乐!噢,还有,你今后要防着点奚雨生,他是个小人。"

"知道了。小徐,谢谢你!"王学明由衷地再一次表示感谢。

"王经理,我走了。再见!"

徐悦云和王学明握手告别。这是她第一次和他握手,而且也许是最后一次,心里百感交集,走了几步又回过头来说:"王经理,我可能还要来这里,到时候你可要帮帮我啊。"说完便依依惜别。

"一定。"王学明向她挥挥手说。

奚雨生也因昨晚喝多了今天起床晚,近八点才到办公室。见办公室窗明几净,一切收拾得井然有序,心里说道,徐悦云的工作还是不错的,只是不知道她怎么会向着王学明说话。想到昨晚吃年夜饭时她为王学明歌功颂德,大唱赞歌,心里便不是滋味,难道她和王学明真的也有一腿?他醋意顿生,牙根咬得直痒痒。但一想好像又不可能,以前王学明没少批评她,一段时间她还老是在自己面前说他的不是。也许是上次沙发上的事被王学明撞上后,她想堵他的嘴才说他好话的。是的,有这个可能,奚雨生的心稍稍宽慰了些。他又想起了徐悦云身上许多妙不可言的好处,想到她明天就要回老家过春节了,这一去就是十天半个月看不到她,心里便痒痒起来。想马上把她叫到办公室,可这时于慧芳敲门进来,汇报这几天的资金情况,他有些扫兴。

过了十点半,办公室内就剩他一人时,他又想起了徐悦云。他急不可待地拨通了她的手机。这时候,正好是徐悦云与王学明告别后来到住院部的楼下。

"小徐,你在哪里呀,怎么老半天也没见到你的影子?"奚雨生的口气有些轻浮。

"我在医院。"电话来得突然,又是奚雨生的,徐悦云不假思索地说。

"在医院?你病了?"奚雨生感到疑惑,昨天还好好的,今天怎么去了医院。

"我没病。"徐悦云嘴上回答,可心里却说,你才有病呢。

"噢。"奚雨生似乎松了口气,接着说,"你没病去医院干什么?"

"我,我肚子有些不舒服。"是啊,我没病来医院干什么。她赶快撒了个谎。

"你这丫头,不还是病了嘛。严重不严重?"奚雨生一副关心的口气。

"不严重,配了点药。奚老板,我正忙着,挂了。"徐悦云不想和他纠缠。她本来想去公司吃了中饭再回住宿处,但担心会遇到奚雨生,便改变了主意,打算去小饭店凑合一顿。

因昨天吃年夜饭时的气氛不那么和谐,而且王学明还喝多了,今天十点多了还没见到他的影子。过了十点半,李怀善第二次去推开他办公室的门,还是没见到他,就不放心地拨通了他的手机。

打过电话，李怀善才知道昨晚和他分手后发生的事，直懊悔昨晚没有和他一起走。李怀善想马上去医院看看杨云宝，另外，看看能否为王学明分担点什么。

王学明说："你别来，我也马上走了。"

徐悦云走后，王学明又去安慰了一番杨云宝和他的妻子，再次声明他会负责所有医疗费用和赔偿一切损失。接过李怀善的电话后，他想回办公室，可想到汽车的一只眼睛还瞎着。再有两天就过年了，总不能让汽车瞎着眼睛在春节里瞎跑吧。出医院后他把汽车向他熟悉的汽车修理店开去。

李怀善刚和王学明通完电话，奚雨生就打电话把他叫了上去。奚雨生并无大事，只是问一下春节的值班工作落实得怎么样了。李怀善说这事是王学明安排的。奚雨生好像突然想起似的说："喔，董事会上是定下他负责的，你去问一下他，这事是否安排好了。"

"他在医院。"李怀善边说边考虑，王学明撞人的事，是否应该告诉奚雨生。

"他在医院？他去医院干什么？"奚雨生马上想到，徐悦云也说在医院。这是怎么回事？是巧合还是另有隐情？

李怀善认为还是应该告诉奚雨生，这事他早晚会知道，而且他应该知道。如果是因为王学明多喝了酒才出的事，那么，昨晚我们在座的就都有责任，包括他奚雨生。他说："王学明昨晚从饭店出来时，把工地上的杨云宝给撞了。"

"噢！严重吗？"原来如此，奚雨生心想，可能是昨晚喝多了的原因吧，他脸上掠过一丝难以察觉的、有些幸灾乐祸的快意。

"听说不要紧。"

"嗯，这就好。"奚雨生嘴上这样说，可心里关心的不是王学明撞了杨云宝的事，而是徐悦云怎么也去了医院。

李怀善走后，奚雨生边吸烟边想，看来徐悦云去医院是去找王学明的。怪不得她在电话里吞吞吐吐，一会儿没病一会儿有病呢，原来是在骗我。这小蹄子，还真与王学明有一腿。妈的！敢背着我脚踏两只船？昨天开大会时我批评王学明，她却在吃晚饭时当着大家的面为他大唱赞歌。哼，徐悦云呀徐悦云，看我今后不好好收拾你！王学明呀王学明，你以为看到我和徐悦云在沙发上亲热，就抓住了我的把柄了？就可以夺人所爱了？告诉你，你的把柄在我手里多着呢。况且，今后我要想找你的碴儿，还怕没理由，还怕找不到机会？

吃中饭时，奚雨生没有见到王学明和徐悦云，猜想两人可能还在一起，心里就打翻了醋坛子。他阴着脸问李怀善："怀善，王学明呢？怎么整半天也没看见他人？"

李怀善见奚雨生脸色难看，小心翼翼地说："不知道。不会还在医院吧？可十点半时他和我说马上回来了，后来我也没见到他。"

"简直胡闹！明天就全部放假了，还有许多事情要做，他却躲进医院。他究竟干什么去了！"奚雨生把筷子朝桌上重重一掼说。

同桌上的人都吓了一跳，不知奚老板突然间哪来这么大的火；邻桌的人不知发生了什么，一个个偷偷朝这边看。顿时，餐厅里鸦雀无声，一个个低着头只顾吃饭。

奚雨生见没人接他的话，仿佛隔空打了一拳，没有着力点，又气呼呼地拿起了筷子。

过了一会儿，李怀善打破沉默说："老板，吃过饭我去找他，让他来见你。"他不明白,这两人这阵子究竟怎么回事。

"见个屁!我再也不想见到他了!"奚雨生说到"屁"字时,把饭菜喷得满桌子都是。坐在对面的于慧芳感到恶心,再也没把筷子伸向菜碗,她把碗里的剩饭勉强扒进肚子后首先离桌。

吃过中饭,李怀善赶快回到自己的办公室,给王学明打电话后才知道他去了汽车修理店。

"怎么饭也不回公司吃?"

"我在汽修店旁的快餐店对付了一顿。怎么啦,有事吗?"

"不知为什么,奚老板没看到你来吃饭,又发脾气了。"

"他想发就让他发吧。反正他这一阵子对我是横看不顺眼、竖看也不顺眼。"王学明一副无所谓的态度。

李怀善很是不解,问:"学明,你们之间究竟又发生了什么呀?前一阶段不是好好的吗?"

"我也不清楚,过段时间我们好好聊聊。这几天我祸不单行,有点应付不过来。"

"学明,春节值班的事都安排好了吗?上午奚老板问起这事。"

"安排好了。"

"好吧,你忙吧。有什么需要帮忙的招呼一声。"

王学明说:"暂时不用。只是杨云宝还在医院里,看来,他得在医院过年了,我这个春节也过不安心了。"

"学明,事情已经犯下了,也不要过于放在心上。等会儿我去医院看看他,顺便安慰一下他和他的家属。"李怀善安慰他说。

"好吧。谢谢了。"

吃过中饭,奚雨生气呼呼地回到办公室,想闭目养神小憩一会儿,可总感到心神不定,仿佛有什么事情牵挂着。对了,是徐悦云这小蹄子。奚雨生虽然对她恨得咬牙切齿,想要好好收拾她，可心里又放不下她。不行！我不能放弃她，我得把她从王学明手中夺回来。有必要的话，把王学明副总经理的职务撸掉。奚雨生认为，王学明没有了副总经理的位子，徐悦云就不会和他来往了，自己便可独占花魁了。

有了打算，奚雨生脸上就有了笑容，心里也轻松了许多。他想到徐悦云明天就要回老家了，可今天还没有见过她，心里有些痒痒，便拿起手机给她打电话，连拨了两次，徐悦云才接了电话。

"奚老板，有事吗？"声音冷冰冰的。

"小徐，你在哪里呀？怎么旁边这样吵呀？"奚雨生尽量显得心平气和。

"我在火车上，刚坐定。"徐悦云想挂断电话，但一想现在还不想让他知道她明年不来的事，便耐着性子说。

"什么？你上火车了？你不是说明天才走的吗？"奚雨生不免有些懊丧，甚至恼火。

"我本来想明天走的，可买票的时候有今天的票，所以就想早一天回家。"理由合乎情理。

"小徐，你怎么招呼也不打就走了。我还想让你带两条好烟给你爸抽呢。"奚雨生没想到怎么会冒出这么一句聪明的话出来，有些自鸣得意。但一想到徐悦云不辞而别，心里又恨得痒痒。

"不必了。"徐悦云不想和他纠缠下去，挂断了电话。

奚雨生还想说什么，可电话断了。他若有所失地靠在椅背上，不经意地看着对面墙上镜框内的两幅书法作品。两幅作品间隔两米并排挂着，一幅写着"有容乃大"，一幅写着"无欲则刚"。这是他从工艺品精品商店里买来的，他挂这两幅作品，不知是为了斯文还是为了勉励自己，也只有他自己明白。他茫然地看着两幅作品，两幅作品仿佛两只犀利的眼睛，也在注视着他。

有了些睡意，奚雨生迷迷糊糊间突然意识到了什么。徐悦云上午和王学明在一起，下午就不辞而别，不会是王学明在其中捣的鬼吧。想到这儿，他的睡意顿失。王学明呀王学明，你这个冤家，以前你想我的位子，现在你又想夺人所爱，我与你势不两立！

奚雨生骂过王学明，再骂徐悦云。徐悦云啊徐悦云，你这小冤家，我对你不薄，你为何要负我。你这小蹄子，明年来了，看我怎样收拾你。他突然感到一阵失落、一阵悲哀。

第 十 五 章

　　小明过了年就十一岁了,正是贪玩的年龄。一放寒假他就天天盼过年,他盼过年不是为了吃为了穿。生长在王学明这样家庭里的孩子,吃的穿的每天都像过年,小明盼过年,是盼爸爸给他买各种各样的烟火。

　　小年夜了,王学明终于忙完工作放假了,可他并没有像往年那样感到轻松愉快。最近发生在他身上的一连串的事,让他的心情十分糟糕,妻子见他不开心的样子,只以为是汽车撞了人的原因,安慰了他几句,也就没太放在心上。

　　小明刚起床就显得兴高采烈,闹着要王学明和他一起去买烟火,可王学明要去买过年用的荤荤素素的菜,没好气地说:"吵什么吵!就知道玩!"

　　小明一愣,在他的记忆中,爸爸很少向他发脾气,除非他做了让人不能容忍的事。他不明白,今天爸爸这火发自什么原因。他噘着嘴、苦着脸看了一眼王学明,一副十分委屈的样子。

　　范静雅见状问丈夫:"怎么啦学明,小明做错什么了?"她知道丈夫这几天心情不好,又问儿子:"小明,你怎么惹爸爸生气了?"

"我没有。"小明苦着脸委屈地说。

王学明突然意识到,刚才这火发得有点莫名其妙,自己的烦恼不能影响到孩子,便缓和口气对儿子说:"小明,等我买菜回来后,和你一起去买烟火。"

小明终于有了笑容,乖巧地说:"爸爸,我听你的。"

买菜回来后,王学明开车和儿子一起去买烟火。来到街上,好不容易才找到停车位置。停好车,他拽着小明向往年摆摊卖烟火的地方走去。虽然寒冷,但天气晴好。街上熙来攘往,人流如织,街道两旁的商店门口,都挂上了大红灯笼和各式中国结。浓浓的过年气氛让王学明暂且忘记了烦恼。

为了让小明高兴,王学明不但满足了他的要求,还增买了几样孩子玩的烟火,惹得小明凫趋雀跃,连喊谢谢爸爸。选好了烟火,王学明才挑选了必备的炮仗和鞭炮。

回家的路上,王学明又想起了躺在医院里的杨云宝,心想,我自己一家大小团团圆圆在家过年,杨云宝却因我酒后误事在医院过年。王学明心里很是过意不去,准备下午买些东西去看望他。想起杨云宝的事,王学明心里又烦躁起来。

大年三十这天,跟往年一样,王学明去把父母亲接过来一起吃年夜饭。吃完年夜饭,他把父母亲再送回去。回来时,已是万家灯火,小区里的爆竹声爆豆似的响成了一片,天空已被烟火燃得五彩缤纷,空气中弥漫着淡淡的火药味。小明早已等得不耐烦了,催着王学明赶快放烟火,并马屁哄哄地说:"爸爸,你买的烟火一定比别人家的好看。"

王学明笑着摸摸儿子的头,说:"小明,什么时候学会拍马屁了?"

"我说的是实话,不信你马上放出来看。"儿子欢呼雀跃,喜不自胜。

"原来你是在催我,你这小坏蛋。"见儿子伶俐、开心,王学明高兴地笑着说。

小明想说,爸爸才是坏蛋呢,但担心爸爸会不高兴,便转念说:"我是小坏蛋,爸爸是大好人。"说完还呵呵笑了几声。

"好了,不要拍马屁了。快去看看你妈还在忙什么,叫她一起来看烟火。"王学明边把烟火向室外搬边说。

"对,我们一家人要在一起看烟火。"小明边说边屁颠着向厨房跑去。

小明的话又勾起了王学明的心事。是啊,大年三十,中国人讲究团圆,千里迢迢外出的打工者,再困难也要回家和家人团聚。可杨云宝还躺在医院里,一阵负疚感袭上心头,情绪顿时低落。等儿子拉着妻子来到场上时,他已经没有了刚才的兴致。

夜空中,炮仗的爆炸声,烟火的炸裂声,爆豆似的一浪高过一浪。在儿子的催促下,王学明点燃了烟火的引信,随着爆炸声的响起,天空中立即被渲染得五彩缤纷、流光溢彩。

见自己家的烟火比人家放得高,燃开得比人家的漂亮时,儿子兴高采烈,手舞足蹈,妻子也孩子似的欢呼雀跃。王学明表面欢笑,内心却一点儿也高兴不起来。

按往年惯例,放过烟火,妻子便去忙明天早上吃的团圆(约一公分直径的实心糯米小圆子),小明继续玩各种小烟火,王学明则还要放一挂鞭炮和八个炮仗。

王学明把八个炮仗的引信全部剥开,把它们一个个竖在屋前的水泥地上。然后用点着的香烟逐个把炮仗的引信点着。当点到第三个炮仗时,因为还想着杨云宝的事,不小心把炮仗碰倒了。他重新把它竖好时,根本没有看是正竖的还是倒竖的。点燃后,他刚后退两步,炮仗就着地炸开了。

原来炮仗是倒竖着的。

炮仗炸开的同时,王学明的脑袋感到"轰"的一声,眼中金星乱飞,左边半个脸一阵火辣辣的疼痛。不好!脸被炮仗炸了。

王学明双手按着受伤的眼睛和脸,朝屋里边跑边喊:"静雅,我的脸被炸了。"

范静雅闻声,捷步从厨房里出来,一看丈夫的样子,吓得筛糠似的直发抖,带着哭声说:"怎么啦学明?"边说边扶他坐到沙发上。

"被炮仗炸了。"王学明努力体会着眼睛是不是被炸瞎了。他用食指按了按眼球,一阵钻心的疼痛使他倒吸一口凉气。还好,眼球还是圆圆的,且有弹性。眼球没破,瞎的可能性就不大,真是不幸中的大幸。

"快让我看看。"范静雅着急地说。

王学明拿开手让妻子看。范静雅一看便傻眼了。丈夫的左半边脸成了包公脸,左眼成了熊猫眼。

"快!快去医院!"范静雅解下围裙扔在沙发上,她已顾不得洗手和换衣服了。

小明听到屋里动静异常,进屋一看,也吓坏了。带着哭腔说:"爸爸,你怎么啦?"

"小明,你爸被炮仗炸了。你在家看电视,我们马上去医院。"

"妈,我也去。"

"好吧,快走!"范静雅担心着丈夫的眼睛。

小明扶着王学明向门外走去,范静雅拿了平时用的包飞快地跟了出去。

"学明,我来开车。"范静雅从丈夫的腰间取车钥匙。

在震天响的爆竹声中，在家家户户准备看春节联欢晚会的时候，范静雅却驾车飞快地向镇人民医院驶去。

到了半路范静雅才想起一事，问："学明，你怎么没戴眼镜？戴了眼镜也许眼睛就不会被炸伤了。"

王学明眼睛的近视程度并不严重，自从在钢结构厂摔坏眼镜跌破脸后，因为贴着纱布不太方便，他重配眼镜后就时而戴时而不戴。

"幸亏没戴，如戴了，炸破眼镜，镜片扎破眼球，就糟糕了。"王学明嘴上这样回答，心里却说，是啊，也许戴了眼镜，眼睛就没事了。

妻子表示认可，说："倒也是的。"

接下来三人一路无语，很快到了医院。

医院里静悄悄的，急救室只有一个医生和一个值班护士。王学明把按在脸上的手拿开时，护士小浦认出了他。

"王经理，你怎么啦？"小浦十分惊讶。心想，前天你领别人来急救，今天你怎么自己也来急救了。

"小浦，我被炮仗炸了。"王学明想，这么巧，怎么又遇到你？

"噢。"小浦和医生一起动作麻利地行动起来。

今天，王学明是他们接待的第一个被炮仗炸伤的人。每年除夕之夜，急救室总要接待多起被炮仗炸伤的人。今天，他们早就有了准备，所以，处理起来有条不紊。现在，他们担心的也是王学明的眼睛。

一番折腾，医生和小浦终于把王学明的眼睛和脸用消毒液处理干净。左眼虽然被炸得通红，眼眶还渗着血，但并无大碍，只是眼睛下面的脸肿胀了起来，十几颗火药颗粒嵌进了肉里。医生小心翼翼，为他把一颗颗细小的火药粒从肉里挑出来。王学明咬着牙忍着痛由医生摆布。他的眼睛和脸火辣辣的疼痛得难受，可更加难受的是心，今年的年怎么过得这么糟糕。

　　处理好伤处后，医生建议要挂水消炎。范静雅同意医生的建议，可王学明坚决不同意。这一阵子已经够倒霉的了，不能再在这大年三十夜让妻儿在医院里陪着自己了。最后，医生让了步，配齐了该配的药。一家三口悻悻地上了汽车。

　　回家的路上，王学明感觉比来时好多了，心里稍稍宽慰了些。这时，他又想起了杨云宝，朝妻子说："我们应该去看看杨云宝。"

　　丈夫的眼睛没有大碍，妻子心里念着阿弥陀佛，要是炸瞎了眼睛怎么得了。这个时候见丈夫还想着别人，她虽然敬佩丈夫的人品，但嘴上说："快回去吧。也许人家也回家过年了。再说，杨云宝被撞，他自己也有责任。我们已经尽到了责任，你就不要太自责了。"

　　王学明没有再坚持自己的意见。小明一声不响地坐在父亲身旁，范静雅认真开着车。汽车行驶在昏暗的路灯下，街面上到处是放过炮仗和烟火后留下的残渣余屑，爆炸声已稀疏了许多。大概人们都已坐在了电视机前。

　　小明已无心炮仗和烟火的热闹场面了，他不时侧头看看脸上贴着纱布的父亲。他心里自责着，心想，自己不急着催爸爸燃放烟火，也许爸爸就不会被炸伤。他幼小的心灵感到十分内疚和不安。见爸爸一声不响，他也一声不响，仿佛一下子成熟了许多。

　　到家后，范静雅问："学明，好点了吗？"

　　"嗯，好多了。"王学明有些感动。俗话说，女儿是父亲的小棉袄。对王学明来说，妻子就是他的贴心小棉袄。范静雅是个名副其实的贤妻良母。这么多年来，王学明总是把家作为自己的安乐窝、避风港,而范静雅则是这个安乐窝、避风港的主要经营者。每当王学明在外面遇到了困难或受了委屈,只要到了家,见到贤淑的妻子和可爱的儿子,就会感到温暖和宽慰,问题就会得到化解,烦恼和委屈就会烟消云散。

一切收拾停当,夫妻俩上床看电视时,已经过了十点。范静雅想叫小明睡在他们床上,与往年一样,和他们一起看春节联欢晚会。可今年她怕影响丈夫休息,叫小明在他自己的房间里看电视。小明房间里也有了电视机。小明很听话,自从房间里有了电视机,平时除了节假日,进房间后他从不打开电视。

王学明的脸虽然还在隐隐作痛,眼睛一跳一跳疼得不时流泪,但已不像去医院时那样钻心地疼痛了。见妻子专心盯着电视机,他便靠在床背上,和妻子一起边看电视边有一句无一句地聊着。

"学明,在看电视还是在想什么?"

"看电视呀。"王学明眼睛盯着电视机说。

"学明,最近你有事瞒着我吗?"

"没有啊。"王学明偏过头看了一眼妻子,转动眼球时,左眼又一阵疼痛。

"那你这几天怎么老是闷闷不乐?"

"杨云宝被撞,我心里过意不去。"王学明搪塞着说。

"不对,在你们公司吃年夜饭之前,你好像已经有了心事。而且,那次杨云宝被撞,肯定事出有因。"范静雅相信丈夫的细心和车技。

"我那天不是喝多了嘛。"王学明真想把最近发生的事向妻子一吐衷肠,可今天不行。他想过了这几天,再找机会向妻子说说他最近的遭遇。

"不对。没有特殊原因或不是喝闷酒,你不会喝成那样子的。既然能发动车子并把车子开出去,你不会糊涂到连车灯也忘了打开。你肯定心里有事。"范静雅想了想说,"不会还在为广告牌和周莫诚家的事烦心吧?"说着又侧头看了一眼丈夫。

"有这方面的原因,但不尽然。"王学明说到这儿又打住了。

"不尽然,还有其他事?学明,能跟我说说吗?"果然还有其他事。范静雅知道丈夫平时为了家庭幸福,喜欢把好事带回家,把烦恼事一人扛着。丈夫这种行为她既满意又不赞成。

王学明笑了笑说:"当然能,这些事不能对你说还能对谁说呢。"

王学明眼睛看着电视机,春节联欢晚会的节目热闹喜庆。他的心情开始愉悦起来,沉思良久说:"好吧,我们边看电视边聊。"

王学明稍稍整理了一下思路,然后把最近这段时间遇到的麻烦事,跟妻子一一道来,一直说到放炮仗时,因想到杨云宝还在医院而分心,倒竖炮仗被炸的事。

范静雅没想到,丈夫在这段时间内遇到了这么多事。她为丈夫感到难过、委屈、不平和愤懑。她心不在焉地盯着电视机,丈夫说完了好长一段时间她才说:"我不明白,奚雨生为什么要这样对待你呢?"

王学明笑笑说:"我也说不清楚。算了,不去想这些乱七八糟的事了,一切顺其自然,大不了我不当这个副总经理。"不知怎,说完这话后他感到一阵轻松。

范静雅说:"对,不当就不当,你有学历,有本事,还怕没饭吃?良禽择木而栖,良臣择主而事。既然奚雨生这样对待你,我看你还是早做准备。此地不留人,自有留人处。"

"静雅,你说得对。"妻子的话说到了王学明的心坎里,他想，知我者、宽我心者，妻也。

"学明。"

"嗯。"

"还疼吗？"妻子轻声问道。

"好多了。"王学明心宽了，眼睛和脸也感觉好多了。

快十二点了，几个节目主持人正在煽动气氛，迎接零点钟声的到来。

"静雅，我们看一会儿电视吧。"王学明轻声说。

"好吧。"范静雅把头靠在王学明的肩上，柔声说。

第十六章

王学明被外面的炮仗声惊醒。他开灯看了一眼墙上的电子钟,还不到六点,关灯后又睡了过去。第二次醒来时,妻子已经起床。王学明揉了一下睡眠不足的眼睛,一阵疼痛使他睡意顿失。他竟忘记眼睛受了伤。

范静雅起床后忙着生火下团圆,王学明起床后去室外放炮仗。按往年惯例,大年初一早上他要放八个炮仗和一挂鞭炮。他把八个炮仗的引信全部剥开后,按一定的距离分别竖好。吸取昨晚的教训,他对竖好的炮仗重新逐一检查,确认没有倒竖后,才开始逐一点放。

小明被炮仗声惊醒,打着哈欠起了床。

"爸爸,新年快乐!"昨天父亲的眼睛被炸伤,小明仿佛一下懂事了许多。

王学明高兴地说:"小明,爸爸也祝你新年快乐。"

小明看着父亲贴着纱布的脸和熊猫一样的眼睛,很是心疼,说:"爸爸,还疼吗?"

"好多了,谢谢小明。"见儿子懂事,王学明有些动情。

一家三口吃过团圆,坐在沙发上看春节联欢晚会的重播。虽然春晚越来越乏味,但毕竟是国家举办的最高级别的晚会,况且一年只一次,不看总觉得这个春节少了些什么。昨晚十二点前的节目没看完全,范静雅要补上,如补不全,晚上再看其他台重播。王学明也喜欢看春晚,便坐在妻子旁陪着看。小明乖巧,也不急着要去外婆家。

"学明,等会儿要不要去奚雨生家拜年?"范静雅趁换节目的当儿问。

董事会人员和科长以上的干部,年初一都会去奚雨生家拜年,有些平时和奚雨生走得近的工地负责人,以及有些希望能被提拔的小角色,也会提着大包小盒去凑热闹。这是多年来约定俗成的不成规的惯例。

"等会儿再说吧。"说实话,王学明心里很不愿意。可妻子的话使他想起另外一件事,大年初一的,杨云宝可能还躺在医院里。他对妻子说:"我先去医院看看杨云宝。"

"好吧,快去快回。"范静雅欠欠身子说。

为了掩饰不雅,王学明戴了副墨镜和口罩,驾车去了医院。停好车,他在大门口的商店里买了一个鲜花篮和一篮拼装水果,然后向杨云宝的病房走去。走廊里静悄悄的,没有了平日里人来人往的热闹,也少了许多只有医院里才有的特殊气味,估计能回家的都回家过年了。昨晚妻子说杨云宝可能回家了,也不知他今天在不在病房。王学明推门进去,病房里空无一人,可能真回去了。他把花篮和水果放在杨云宝病床的床头柜上,然后去护士站问讯,护士说杨云宝配了今天的药,昨天下午回去的,明天再来挂水。

王学明向护士要了张纸,借笔在纸上写道:祝春节快乐!早日康复!然后写上自己的名字和日期。他把纸放在床头柜上,纸的一角压在鲜花篮下，然后离开了医院。

回到家刚停好车，就接到了李怀善的电话。电话里两人互相拜年问过好后，李怀善轻声说："学明，你要不要来奚老板家？"

王学明问："都有哪些人在？"

"除你之外，董事会人员都在，其他的，都是去年来的那些人。我在屋外给你打电话，来不来你自己定。"李怀善知道王学明心里有疙瘩，不一定会去。

王学明想了想说："怀善，我就不来了。来了也不一定受欢迎。再说，昨晚放炮仗时，我的眼睛和脸被炸伤了，面目很不雅观，就不来丢人现眼了。"

李怀善惊问："什么？你的脸被炸伤了？严重不严重？"

"还好，眼睛没被炸瞎。"王学明故作轻松地说。

"唉，学明，你这阵子是怎么搞的，怎么事情一个接着一个？"李怀善很是替他难过。

"怀善，我这阵子有点不顺。"王学明想让李怀善替他向奚雨生打个招呼，可一想不妥，便说，"好了，大年初一的，不说这些不吉利的话了。"

"好吧，多保重。"李怀善的语气有些沉重。

王学明边回屋边想，凭什么大年初一一定要先去你奚雨生家拜年，我父母那里还没去呢。

进屋后范静雅问："这么快就回来了？"

"还真给你说对了，杨云宝回家过年了，明天去挂水。"

"噢。"范静雅接着问，"刚才在外面和谁打电话呀？"

"李怀善问我去不去奚雨生家拜年。"王学明坐到了沙发上，和妻子一起看电视。

"你怎么回答他的？"范静雅侧过头问。

"我说不去。"王学明没好气地说。

"就是！就你这样子，去给人家笑话。再说，去了还不知受不受欢迎呢。"夫妻俩想到了一块。

这时，小明开始嚷着要去奶奶家和外婆家。范静雅知道，小家伙惦记着奶奶和外婆口袋里的压岁钱。

王学明朝妻子说："静雅，我们也该走了，去我父母那里拜过年后，还要去你娘家呢。"他们每年都这样，先去王学明的父母那里拜年，然后去范静雅的娘家吃饭。而往年则要等王学明去过奚雨生家，然后再去双方父母家。

奚雨生家门庭若市，热闹非凡，正屋里的红木八仙桌上坐着董事会人员。朝南的主位上，奚雨生一身新衣，正襟危坐，只是桌上少了王学明让人感到有点不完整。大家知道，这一阵子奚老板与王学明之间有些不开心，所以不便多问。奚雨生虽然不喜欢王学明，但大年初一不来给他拜年，便认为抹了他的面子。他不时拿目光向门口看，李怀善懂得他的眼神，想说王学明被炮仗炸伤了脸来不了，但考虑到这不是什么好消息，还担心奚雨生会取笑他，所以几次欲言又止。他希望有人先提起王学明时再作解释。

于慧芳仿佛也看出了端倪，看了看奚雨生，说："咦，王学明怎么还不来？"

李怀善马上接上去说："我来之前和他通过电话，想约他一起来的。他说他昨天晚上放炮仗时眼睛和脸被炸伤了，看上去很不雅观，所以来不了了。"

原来如此，奚雨生似乎挽回了面子，表情顿显轻松。

"大过年的，怎么不小心点。"奚雨生嘴上这样说，心里却有些幸灾乐祸，心想，这小子霉运到了。

大家不知道奚老板这话是由衷而发还是言不由衷，不便说什么，便避开王学明的话题，说些无关紧要的事。不多时，大家也就散了。

李怀善一直惦记着王学明，他不明白究竟什么原因，奚雨生对他成见这么深。买下镇上那百分之三十的股份后，奚雨生的股份超过了百分之五十，他不可能还在担心王学明会觊觎他的位子。可不为这事又为哪般呢？

其实，李怀善很清楚，王学明从来就没有过想当老板的意图和动机，是他奚雨生在以小人之心度君子之腹。王学明去年为公司办成了几件大事，企业资质升级的事换了别人谁也办不成。按理，他是去年公司的头号功臣，但他并没有居功自傲。可为什么奚雨生却处处在找他的碴儿呢？李怀善想探个究竟，年初五的下午，他一个电话把王学明约到了市区一家幽静的茶座里。

杨云宝已康复出院，王学明也从不愉快的阴影中走了出来，只是左眼四周的黑晕还未完全消去，左脸上的青灰色还明晰可见。一个白面书生，弄成这副尊容，李怀善看了心里替他难过，问他今年的春节过得怎么样。王学明笑笑说，今年春节是他有生以来过得最憋屈、最糟糕的一个年。李怀善问，是否还在生奚雨生的气。

"怎么说呢，说不生吧，不是心里话；说生吧，又找不到问题的症结。这就是我近来最大的烦恼与痛苦。"王学明正想找个合适的人推心置腹地谈谈，看能否帮自己找到问题的症结。也许，李怀善正是这个人。

"今天把你约出来，正是想问问，年前你和奚雨生之间究竟发生了什么。"李怀善喝了口茶问。

王学明说："我也不知道原因。也许，旁观者清，你可能知道一二。"

"我还真不知道。"李怀善坦诚地说。

"那只有他奚雨生自己知道了。"王学明说完嘿嘿一笑。

李怀善沉思片刻说："难道就是因为他认为你在广告牌的事情上吃了回扣，或是想要在周莫诚家的工程上拿好处？"

王学明苦笑了下，说："你相信我会这样吗？"

"我当然不信。"

"就是呀。他这是故意在我脸上抹黑，是把莫须有的罪名强加在我头上。"王学明气愤地说。

"你怎么知道他在故意抹黑你？"

"徐悦云告诉我的。"

"徐悦云？她不是和奚雨生……"

"是啊……"王学明知道他想说什么。

王学明沉思片刻后，把年前发生的那些乱七八糟的事，向李怀善大致说了一遍。

李怀善听后说："真没想到年前在你身上发生了这么多事。"

王学明说："是啊，要不是徐悦云告诉了我，有些事我还蒙在鼓里呢。"

李怀善笑笑说："徐悦云为什么要告诉你这些呢？按常理，你撞见他们在沙发上亲热，她恨你才对呀。"

"也许是她良心发现吧。"

"此话怎讲？"

"她说奚雨生是卑鄙小人。她说我为公司做了那么多事，为公司作出了这么大贡献，奚雨生还这样对待我。所以她为我感到难过。也许她因为心里不平才告诉我的。"

"看来，这姑娘本质不错，还是有些正义感的。"

"是的。而且,平时我还没少批评她。为这事,我对她刮目相看,而且感激她。"

"徐悦云告诉了你,难道不怕奚雨生报复她?"李怀善大为不解。

"春节后她不来了。这事她只告诉我,她还叫我暂时先不要告诉别人。"王学明说完,看了李怀善一眼。

李怀善说:"放心,我才不管这些闲事呢。"

王学明说:"这女孩聪明漂亮有正义感,可惜为了一只紫砂茶壶,被奚雨生糟蹋了。"

"紫砂茶壶?"李怀善瞪大眼睛说。

"是啊,我也是徐悦云走的那天才知道的。这事说出来还真让人不敢相信,徐悦云被糟蹋,还真是因为一只紫砂茶壶。所以我认为,其实徐悦云对奚雨生是一直怀恨在心的,可能这也是她告诉我那些事情的原因之一。"

"是吗?关于紫砂茶壶的故事,能否说来听听?"李怀善兴趣大增。

"当然能。"王学明喝了口茶,然后把有关紫砂茶壶的故事给李怀善讲述了一遍。

"真不像话!"李怀善听后愤然说。

"是啊,这与畜生何异。"王学明有些激动。

"可我不明白,奚雨生为什么要抹黑你呢?难道就因为你看到了他们在沙发上的一幕?"李怀善言归正传。

王学明说:"这就是我想不明白的地方。"

李怀善说:"你好好想想,你有没有在哪里得罪了他,或者说了不该说的话?"

王学明陷入了沉思。说实话,从接手企业资质升级的工作后,奚雨生对他的态度有了明显的转变。按理说,企业资质升级后,奚雨生对他更器重、更友好才合常理。那天,去向他汇报企业升级的结果已在网上公布的时候,他还高兴得眉开眼笑,神采飞扬。可后来怎么突然就变了脸呢?王学明边努力回想当时的情况,边把这情况和想法说给李怀善听。

"你确定他是那时候突然变脸的吗?"李怀善似乎来了兴趣。

"应该是的。"王学明想了想肯定地说。

"你再仔细想想,你当时有没有说错什么。或者说,他变脸前,你说了些什么。"李怀善启发他说。

王学明仔细想了想,说:"应该没说错什么。当时说了企业资质升级的事,尔后我建议在我们办公楼的楼顶上做一广告牌时,他还高兴得直说这建议好。后来说到生产科的小马时,使我想起了一件我当天早上遇到的趣事,我就说给了他听。"

"趣事,什么趣事?"李怀善瞪大眼睛问。

王学明不当回事地说:"一群老鼠的趣事。"

"一群老鼠?请说详细点。"李怀善似乎意识到了什么,插嘴说。

"那天早上,霜很重,天特别冷。我去街上买菜时,在小区的小径上突然发现一群一大三小的老鼠,应该是三个孩子一个娘。当时我感到奇怪,这么寒冷的冬天,怎么会有老鼠出现在室外?"

接下来,王学明详细讲述了当时见到老鼠的经过。

"后来呢,你还说了些什么?"李怀善已经意识到,问题可能就出在老鼠的身上。

王学明说:"后来我说,小区里这么多野猫家猫,这些老鼠怎么没被吃掉;这么寒冷的天,小老鼠怎么没有被冻死。我说到这些时,奚雨生好像有些不耐烦,就变了脸。"

"哈哈哈哈。"李怀善听到这里，突然大笑起来。

"你笑什么？"王学明一脸疑云，也跟着笑了起来。

"王学明啊王学明，你好大的胆子！"李怀善笑过后说。

"什么意思？"王学明从云里跌到雾里，傻愣愣地看着李怀善。

"王学明啊，问题就出在这里。"

"此话怎讲？"王学明一头雾水。

"你知道奚雨生有个绰号叫什么吗？"

"不知道。难道和老鼠有关？"王学明一副丈二和尚摸不着头脑的样子。

李怀善笑着说："还真是和老鼠有关。他的绰号就叫小老鼠。他小时候调皮捣蛋，喜欢耍小聪明，两只圆溜溜的眼睛活络得像老鼠眼睛一样，他又是兄妹几个中最小的一个，所以他父亲就给他起了个小老鼠的绰号。"

王学明问："你怎么知道的？"

"我是听他村里人说的。"

"原来如此。"王学明恍然大悟，有些哭笑不得。

李怀善继续说："他这人不但嫉妒心强，还很迷信。你可能不知道，他的办公桌的位置、朝向都是请风水先生定的，他办公室里的那只观赏鱼缸也是风水先生建议放的，说是鱼、水可以聚财。你想，那天应该是高兴的日子，而你却当着他的面，希望小老鼠被猫吃掉，还希望它被冻死，他听了会高兴吗？不把你恨死才怪呢。"

王学明苦笑着说："我说他当时怎么会突然变脸呢。"

李怀善说："是啊，你这不等于在当面咒他死吗？"

王学明沉默片刻后说："就为这事他对我突然变脸，而且一而再、再而三地找我的碴儿，抹黑我，这也太小心眼了吧。"

李怀善看了他一眼说:"学明,你对奚雨生可能还不完全了解,他的心眼小着呢。而且,以前你经常跑镇上的事,他可能还记着呢。"

"噢……"王学明终于找到了问题的症结。

今后的路将怎样走呢?王学明想起大年夜靠在床上看春晚时妻子的话,心里似乎轻松了些许。

第十七章

　　年初二到年初五这几天，王学明哪里也没去。兄弟、妹夫家、妻弟、连襟家，不管怎么邀请，谁家都不去。直到和李怀善见过面后，他才开始出门。

　　年初五晚上，连襟家又打来电话，说年初八要上班了，让他一定在这两天内安排时间去他家一天。并说，只有他答应了，才好定日子邀请其他亲戚。

　　考虑到自己的形象，王学明本来还不想出门，可妻子不依不饶了，说："我妹夫家又没得罪你。你受了奚雨生的冤枉气，干吗城门失火，殃及池鱼？"

　　王学明虽然答应年初六去连襟家，但妻子的口气和比喻使他有些不舒服。

　　年初六，王学明和妻儿一起走亲戚去了。小明仿佛突然得到解放似的，显得兴高采烈。本来应该热热闹闹、开开心心的春节，可父亲不愿出门，他也只好和母亲一起跟着窝在家里，实在是憋得难受死了。他几次想提出要去外婆家、去姨父家，可看到爸爸常常在书房里或电视机前一待半天，知道他这阵子心里不舒服，所以不好开口。这几天，小家伙只要一听到电话铃响或父亲的手机响，就知道是哪个亲戚家要请他们去做客。每当这时，他就会以希冀的目光看看爸爸，再看看妈妈。可每次都以失望而告终。范静雅曾几次要带儿子一起去走亲戚，可把丈夫一个人丢在家里她不忍心。再说，走亲戚时丈夫不在身边，总会感到少了什么。丈夫是大学生、工程师，是建筑公司的副总经理，她一直把这些引以为豪。夫贵妻荣，她无论走到哪里，只要丈夫在身边，总仿佛有光环罩着她。这几天，丈夫不愿出门，她心里虽不舒服，但也不能过分强求。虽然家里有电视，有空调，但实在单调乏味。今天终于要出门了，她和儿子一样，显得兴高采烈。

　　出发前，王学明来到镜子前，左脸上的黑晕已不那么明显了，可左眼圈还有点灰青，嘴唇上因这阵子心火旺，燎起的泡还未完全消去。他戴了副墨镜，披上皮大衣，和早已等在一旁的儿子一起向停在场上的汽车走去。

　　夜间没下霜，也没有露水。风虽不大，天却阴冷得出奇。早上八点多了，太阳还没露脸，苍穹灰蒙蒙的，马上要下雪的样子。王学明先把汽车发动好，边热车边等还在照镜子、往脸上涂脂抹粉的妻子。

　　到连襟家时，天空中飘起了粉状样的雪花，风也大了起来。听到汽车声，连襟家一家大小带着笑脸迎到大门外。王学明戴着墨镜，西装革履，外罩皮大衣，整个形象显得英俊潇洒，风度翩翩；范静雅的打扮既雍容华贵，又得体大方；小明身着崭新的羽绒服，蹦蹦跳跳，凫趋雀跃。衣着光鲜的一家三口被热情地迎进了门。

　　不一会儿，范静雅的父母亲和弟弟家三口子也陆续到了。堂屋里顿时热闹起来。这是今年春节，范静雅娘家面上的人，第一次这么热闹地聚在一起。范静雅是姐弟三人中的老大，娘家这根藤上，无论学历、职称，还是地位、声望，所有人都在王学明之下。所以，谁家叫亲戚请吃饭，如果少了王学明，那么，这次宴请就少了档次。今天，王学明一到，连襟家蓬荜生辉。

老规矩，女人们准备饭菜，孩子们自寻乐子，男人们则聚在小房间里打麻将。王学明和老丈人、连襟、小舅子四个人正好一桌。

四个人中就王学明不抽烟，所以，不多一会儿，三支烟枪就喷得小房间里烟雾弥漫。王学明想建议不要抽，可老丈人在，春节里又是第一次相聚，所以他欲言又止。他被炸伤的眼睛还没有完全康复，被烟一熏，很不舒服，酸涩得不时流泪。他不断用纸巾擦拭眼睛，心里开始烦躁起来。一烦躁，就不能集中精力，就开始输钱。王学明本来就不打算赢钱，所以，输赢无所谓。可他心里烦躁，输得就不舒服，越不舒服就越输，还没到吃中饭时间，就把口袋里的钱输了个精光。其他三个觉得赢他的钱心安理得，三个都赢了，心里都乐滋滋的，根本没去注意他的眼睛和表情。王学明没有了钱，就去向妻子要。范静雅没说什么，把口袋里的钱悉数给了他。

过了一会儿，范静雅想起丈夫向她要钱时在用纸巾擦眼睛，就有些不放心。她放下手里的活，向麻将室走去。她刚推门进去，就被烟熏得"喔唷"一声倒退一步。她把门敞开着，让烟散出去。她见丈夫不时用纸巾擦眼睛，知道他眼睛难受，便来到他身旁说："学明，眼睛难受就不要打了。"

王学明看着手里的牌，淡淡地说："怎么，见我输了钱不开心？"

"你这人怎么这样说话？"范静雅话虽这么说，可并不生他的气。

"我说错了吗?你放心,借你的钱我回去还你。"

"你,你这是人话吗?"范静雅不知丈夫的话是当真还是玩笑,就也说了句让人不好理解的话。

"就算不是人话,我也没把钱输给外人。"王学明玩笑着说。

这下范静雅听偏了。她平时也喜欢出去打个小麻将,但总是输多赢少。见丈夫这样说话,认为在揭她的短。"王学明,我是看你的眼睛难受才叫你不要打的。真是狗咬吕洞宾,不识好人心。"

范静雅说完转身出去,出门时把门重重地带上,发出"砰"的一声响。平时很少和丈夫顶嘴的范静雅,今天不知怎么犯起了倔,一句也不愿少说。

老丈人看看这牌打不下去了,而且,也快到吃中饭时间了,他把牌一推,说:"不打了。"

王学明有些尴尬,知道自己被误解了。

外面的风雪大了起来。光秃秃的树枝切割着席卷而过的狂风,发出撕锦裂帛般的呼啸声。王学明的心情像这天气一样糟糕。

吃中饭时,王学明被连襟安排坐在老丈人旁边。王学明本来不想喝酒的,但想到春节里第一次相聚,又因为自己的原因,一直耽搁到今天,他把范静雅给他倒的白开水换成了白酒,然后起身说:"来,我先敬爸,再敬大家。"

大家知道他的眼睛还没完全康复,不能喝酒,特别不能喝白酒,见他这表现,一个个都不敢偷懒。桌上的气氛顿时活跃起来。

范静雅见状,想劝他不要喝,可考虑到刚活跃起来的气氛不要再度被破坏,想想算了,由他去吧。

吃过中饭,范静雅赔着笑脸,把王学明劝到外甥的小床上休息。室外狂风怒号，不时摇撼着窗扇，室内空调发出轻微的催眠般的呜呜声。王学明有些醉意，很快就入睡了。

楼下，女人们准备晚饭，其他人关进小房间继续打麻将，三缺一，范静雅的弟媳替补上。

晚饭后，王学明一家三口，冒着怒号的风、狂舞的雪，驱车回家。一路上，王学明认真开车；范静雅和小明静静地看着窗外鹅毛般的大雪，有些陶醉，谁也不说一句话。

次日开始，王学明带领家人，把还没走的亲戚一家家补跑。然后定了个日期，把所有的亲戚叫在一起，在镇上最好的饭店宴请了一次。

第十八章

按往年惯例,广厦建筑公司的全体管理人员正月十六准时上班,各工地视具体情况定开工日期。

到了正月十八,也不见徐悦云来上班,奚雨生心里挂念着她,打她手机,可得到的回音说,你拨打的号码已停机。办公室卫生没人搞,开水要自己烧,便有了没有女人不像家的感觉。到了正月二十,还不见徐悦云的影子。这天,门卫老孙送开水到他办公室时,他没好气地说:"谁叫你送来的?"

"是王经理叫我送来的。"老孙小心翼翼地说。

"小徐呢?徐悦云怎么还没来?"

"奚老板,我怎么知道。"老孙边走边说。心里嘀咕道:真是的,你也不知道,我怎么知道。

徐悦云还不来上班,奚雨生迁怒于王学明。认为公司内部管理是他王学明的事,怪他到现在还不通知她来上班,但想到自己也打不通她电话,一股火只好窝在肚子里。

直到有一天李怀善来到他的办公室,说:"老板,徐悦云到现在还不来上班,我看她可能不会来了。"

奚雨生也意识到她可能不会再来了。

原来春节前她要五万元钱是有预谋的，她是在跟他做一个了断。奚雨生心里骂道，这小蹄子，还蛮有心计的。他朝李怀善说："你叫胡作惠再去招聘一个保洁员。"说完，他感到很是失落，心里空荡荡的。心想，再也招不到徐悦云这样的小可人了。

奚雨生又想起了年前打她电话，她在医院里的事，想到她去医院很可能是和王学明会面的事。便想到徐悦云不来上班，王学明一定知情，很可能还是王学明出点子让她不要再来的。奚雨生恨得咬牙切齿，把所有怨恨都迁怒到王学明身上。

就在奚雨生和王学明的关系处于冷战状态时。医院王书记打电话给王学明，让他去医院洽谈医院扩建工程事宜。

"王书记，这事你直接找我们奚老板。"王学明冷冷地说。

"我跟他不熟，你们公司的领导我只认你王经理。怎么啦？听你的口气好像不太高兴。嫌工程小，不感兴趣？"

"王书记，谢谢你看得起我。可有些事电话里说不清，我们见面谈。"

"有什么说不清的。你旁边有人吗？如没人，我们就电话里聊，反正我现在空着。"

"好吧，反正我也没要紧的事。"

当王书记得知事情的缘由后，气愤地说："那就算了。死了张屠夫，不吃留毛猪，我不相信除了你们广厦建筑公司，就找不到其他施工单位了。"

"王书记，我可没有叫你去找其他建筑公司，我只是叫你直接找奚雨生。"

"刚才说了，我和他不熟。不要说他对你那样的态度我不会找他，就凭他这人品，你们公司的人文和企业管理也好不到哪里去。所以，我不会找他。好吧，下次聊。"没等王学明接话，王书记就挂了电话。

王学明意识到这不是小事，医院离公司就一公里的路程，这工程如果其他建筑公司插手了，那广厦建筑公司的脸面往哪里搁，卧榻之侧岂容他人酣睡。王学明知道王书记的脾气，他这人说到做到。事不宜迟，王学明下楼驱车直奔医院。

"王书记，你还是与奚雨生联系一下。这工程于情于理都该给我们公司做。"王学明来到王书记的办公室，没有多余的话，直奔主题。

"王经理呀，我看你真贱。俗话说，好了伤疤忘了痛，你看你脸上的伤疤还没完全好，就忘记痛了？"王书记快人快语。

"王书记，这是两码事。工程事关我们公司的事。"

王书记讥笑说："嘿，你还真以大局为重呢！我春节前叫你来商量扩建方案，不是事关你们公司的事吗？请问，奚雨生是怎样对待你的？你不难过，我还替你难过呢。"

王学明一时语塞。

王书记接着说："说实话，这工程有些特殊，因为你懂设计，懂施工，所以，我想邀请你来和我们一起商量方案，然后用邀请招标的方式，把这工程交给你们公司做。可你却为这事挨了奚雨生毫无由头的批评，这让我气愤。他不但对你无理，还根本不把我放在眼里。"王书记稳定了一下情绪继续说："春节后，我们找设计院把方案和图纸都搞定了。现在正物色施工单位。我今天打你电话是看在你的面上，邀请你们来参加投标，而不是看在你们公司的面上，更不是看在他奚雨生的面上。你还要我去找奚雨生，哼！我才不去找他呢。我现在已经改变主意了，这工程采用议标的方式物色施工单位。这事到此为止，不说了。你不要走，我请你吃饭，算是春节前叫你来挨了批评，今天向你赔礼道歉！"

王学明虽然没有争取到工程，但他心里并未感到有多少不快。是啊，王书记说得不错。再说，我已尽到了责任，良心上过得去了。

半个月后，镇长打电话给奚雨生："奚老板，医院有一个新建项目是你们公司做吗？"

"我不知道啊。"奚雨生想，我怎么从来没听说过？

"听说马上要开工了。你们是怎么搞的，鼻子底下的肉让别人叼走？"看来，镇长也急了。广厦建筑公司的业务做得多，对地方政府的财政收入会带来好处，这工程旁落他家，镇长能不急？

"镇长，我马上问一下。"奚雨生也急了起来。

"要快！可能已经定下施工单位了，我还以为是你们公司做呢。"没等回答，镇长就挂了电话。

不知镇长的消息来源是否准确，如准确的话，可能来不及了。奚雨生不但着急，还有些恼火，眼皮底下的工程眼巴巴地看着别人来做，我奚雨生的脸面还往哪里放？这不是在打我的脸吗？医院也太不够意思了。

生了一会儿闷气，奚雨生突然想到，王学明与医院的王书记关系不错，便想让他去证实一下，或看看有没有希望把工程争取过来。他打电话把王学明叫到办公室。

春节后，王学明还没有主动来过奚雨生的办公室。奚雨生想先说几句好话安抚一下他，可一见到他，就想起徐悦云不来上班可能与他有关，刚到嘴角的一丝很不自然的笑容又消失了。

王学明进门后，嘴角欠欠，勉强挤出一丝笑容说："老板叫我有事？"

奚雨生面无表情地问："学明，医院有工程的事你知道吗？"

"听说过。"王学明面无表情地答。

"什么时候知道的?"

"春节前。"王学明冷冷地看了他一眼说。

"春节前?我怎么没听你说过?"奚雨生的脸阴沉下来。

"……"

"说话呀,是不是你知道了故意没对我说?"王学明不说话,奚雨生气不打一处来,提高了声音。

"我去年只是知道有工程,可不知道他们什么时候开工。"王学明口气平和,表情淡然。他已经做好了挨骂的准备,但也做好了不再生气的准备,他认为,和奚雨生这种人生气不划算。

"知道了你应该向我汇报呀!你不是和医院的王书记关系好吗?你为什么不直接向他争取?"奚雨生强压住火气说。

"那次王书记叫我去商量工程上的事,是你把我叫回来的。"王学明淡淡地说。

"什么时候?"奚雨生横眉冷对,口气冲人。

"春节前开大会那天。"王学明说完,又冷冷地看了他一眼。

奚雨生想起来了,开大会前,因为主席台上摆错了名字牌子,是他火冒三丈地把王学明叫回来的。他的脸阴冷得像块铁,气呼呼地说:"难道批评了你几句,你就把工程也给我回掉了?"

"我没回,我叫王书记来找你的。"王学明显得十分平静。

"他为什么没来?"奚雨生责问道。

"不知道,那是他的事。"王学明想摊牌说说王书记没来找他的原因,一想还是算了。

"混蛋!我就知道是你在其中搞的鬼!"奚雨生终于爆发了。他认为王学明是受了他的批评故意隐瞒了此事。

"我没有搞鬼,我也尽到了责任。你一定要说是我搞的鬼,我也没有办法。"王学明心里平静，也不想和他争辩。

王学明越是情绪稳定，奚雨生越是气急败坏，"我不想听你狡辩！你给我滚！"奚雨生脸涨得通红，几乎在咆哮。

奚雨生本想让王学明再去医院争取一下的，可看他这样子，就彻底放弃了那念头。

王学明嘴角讥笑了一下，转身就走，出门时把门使劲带上时，发出"砰"的一声闷响，轻隔墙中的门框晃动了好几下。

奚雨生暴怒了，"滚！我再也不想见到你了！"他拿起茶杯向门口扔去，茶杯击在门上，发出"砰"的一声脆响，茶杯击得粉碎，茶水溅了一地。

刚走到门外的王学明听后一怔，站停片刻，便立即离开。心想，这次算和他彻底闹翻了。

次日一早，奚雨生把李怀善叫到办公室。没等李怀善站定，奚雨生就沉着脸说："你去通知王学明，让他去生产科上班。"

"这是为什么？"李怀善一怔，看着一脸怒气的奚雨生，很是不解。

"他吃里扒外，把医院的工程给我断送掉了，还强词夺理找理由。他不配再做副总经理了。"奚雨生气得脸都变了形。

"老板，这事事关重大。要不要和其他董事会人员商量一下？"

"难道我说的还作不了数？如果作不了数，加上你不是远远超过股份的半数了吗？"意思很明白，他一个人就完全可以对重大事情作出决定，而且还强迫李怀善同意他的决定。

李怀善见没有了回旋余地，面色阴沉着说："好吧，我去和他说。"

李怀善走到门口又被叫住。奚雨生补充说："让他到生产科负责工地现场的事。"

"知道了。"语气很不客气。

李怀善走后，奚雨生立即把生产科长叫到了办公室，对他说："王学明从明天起，去你们生产科上班。"

生产科长一头雾水，心里疑惑，问："他来兼科长还是……"

"做科员。"奚雨生没好气地说。

见奚老板生了气，生产科长不敢多问，说了声"知道了"后便转身离开。

"慢着。他来后你让他负责工地上生产的事，所以，办公桌就不一定要了。"

"噢。"生产科长只知道春节前奚老板在大会上批评了王学明，没想到这么有本事的王经理，会被贬到生产科当科员，真有点弄不明白。

李怀善离开奚雨生后，直接来到了王学明的办公室。

"叫我去生产科上班？他让我去干什么？"王学明没想到奚雨生会让他去生产科上班。

"他说叫你去负责工地现场的事。"

王学明只认为奚雨生免去了他副总经理的职务，会给他一个没有实权的副职，没想到会把他的职位一撸到底，去生产科当一个小科员。

"好吧，这样也好，无官一身轻。常在工地，可以多积累些经验，也算是有失就有得吧。"王学明自嘲、苦笑着说。

"看你说得轻松，我都替你难过。"李怀善的情绪很是低落。在董事会里，他俩是一对好搭档。平时两人只要哪一个的意见和奚雨生不一致，他们俩总能走到一起，现在王学明离开了董事会，一种唇亡齿寒的感觉在李怀善心中油然而生。

"有什么好难过的。要说难过，我倒是为自己当初跑错了单位、投错了人而感到难过。"想当初，为了家乡建设，为了年轻人的担当，也为了自己能闯出一番事业来，才来到广厦建筑公司的，哪知道会是这种结果。

"今后有啥打算。"李怀善知道，王学明不是条虫，而是条龙，不会甘心永远在浅水中的。是金子总会发光的。

"走一步算一步吧。"王学明嘴上这样说，其实他心里已经开始盘算，今后边工作边寻找机会。妻子也曾跟他说过，良禽择木而栖，良臣择主而事。只要有准备，机会总是有的。

两人一阵沉默。

过了好一会儿，王学明突然想到一件事，说："奚雨生没说我的汽车怎么办吧？"

李怀善说："没有。既然没说，你就开着吧。"

"算了吧。我现在就把钥匙交给你，你去给奚雨生。到时候他向我要了再交出去就没意思了。"不知怎的，王学明的潜意识中，感到一种前所未有的轻松，尽管这种轻松有些凄凉。

李怀善接过车钥匙，说："噢，你看我真是昏了头，我还没问你呢，医院的工程究竟是怎么回事？"

王学明反问道："奚雨生是怎么跟你说的？"

李怀善笑笑说："他说你吃里扒外。说医院的工程是你给断送了的。"

"你信吗？"

"我当然不信。"李怀善接着说，"能具体说说吗？"

王学明说："春节前开大会的那天，医院王书记打电话叫我去商量医院扩建方案的事，我在年初五下午已向你说过。"

李怀善说："嗯，这我知道。我想知道后来发生的事。"

"事情是这样的……"王学明最后说，"至于奚雨生是怎样想的，那是他的事了。"

李怀善听得时而点头，时而苦笑着摇头。

"如此看来，是奚雨生他自己咎由自取，断送了这工程。"

王学明说："是啊，他还倒打一耙，把莫须有的罪名强加于我的头上。你说可笑不可笑。"

"不是可笑，简直是可恨。"李怀善愤然道。他不但替王学明感到难受，还为公司失去这一工程感到惋惜。

"怀善，谢谢你对我的理解。"王学明说，"你去告诉奚雨生，我明天就去生产科报到。也请你们放心，只要我在广厦建筑公司一天，我都会好好工作的。"

"好吧，那我就告辞了。"李怀善神色黯然地走出王学明的办公室。

王学明去生产科报到时，生产科人员都以好奇的目光看他。生产科长避免与他的目光接触，甚至不好意思和他说话。一个堂堂副总经理，来他手下当一个普通科员，他为他难受。王学明自己则泰然自若，不以为然，笑着和大家打招呼："大家好！今后请多多关照。"

王学明说了话，生产科长为了活跃气氛，带头鼓掌说："欢迎王经理来我们生产科指导工作。"

王学明指着生产科长说："今后再也不能叫我王经理了。我们是同事，应该叫名字。"顿了顿他又自嘲说："或者叫我王工，我工程师的职称是免不了的。"

"好。我们今后就叫王经理为王工。"生产科长笑着说。

王学明看了一下四周，朝生产科长说："我的办公桌呢？"

生产科长的脸上一下子又没有了笑容，说："奚老板说，让你负责工地上的生产，不需要办公桌。"

"噢。"王学明的表情凸显尴尬。心想,奚雨生呀奚雨生,你还真做得出来。见大家尴尬,他换了一副笑容说:"没事,只要能工作,有无办公桌无所谓。"

生产科的小马一直没有开口,面无表情地注视着王学明。年前,奚雨生还让王学明批评过他。就过了一个年,王学明怎么和自己平起平坐了,而且自己有办公桌他还没有,真是斗转星移,世事无常。

其实,王学明也一直在注意小马。他不知道小马此时在作何种感想。可他却在想,我和小马不知是何种缘分。那次在奚雨生办公室说到小马时,我怎么就想起了小马敢说敢为是"初生牛犊不怕虎"。想也就想了,怎么又自作聪明,张冠李戴,联想起那天早上看到一群老鼠的事。而且还把这些讲给奚雨生听。这下好了,就是这两件风马牛不相及的事,惹出了多少麻烦事。想到这些,王学明不免感到好笑。

回家后,王学明把情况说给妻子听,范静雅似乎早就料到会有这一天,所以并不感到惊讶和难过。她建议丈夫去其他建筑公司工作。王学明说,暂时还不太现实,因为其他建筑公司的老板都和奚雨生有交往,他们如接受了他,会使奚雨生的面子上过不去。即使人家愿意接收他,一时半会也不会有好的位置,而且不排除奚雨生知道后会从中作梗。所以,还是等等再说吧。范静雅认为丈夫说得在理,安慰他说:"也不要太急,机会总会有的。"

第十九章

　　王学明去生产科后,每天准时上下班。被贬后,他没有因此而消沉,也不因此而不注意形象。他脱掉西服,换上整齐的便装,头戴安全帽,手握图纸,在蓝天白云下喧腾的工地上,享受着劳动场面和工人们真诚朴质的气息给他带来的快乐。镇上的两个同学知道他被撤职后,打电话问他怎么回事,他调侃说,没什么,下放劳动锻炼。

　　没有了应酬,工作和生活反而充实有规律。他白天忙工作,晚上坚持写日记,而且每隔一段时间,就把日记和感想整理成一篇论文,有时还被建筑工人的喜怒哀乐和劳动场面所感动,突然来了灵感就完成一篇散文或一段诗歌。他的论文、散文或诗歌经常在市报和有关报纸杂志上发表,便萌生了想当作家的野心。也就半年多时间,他就成了小有名气的本土作家。奚雨生听说后,心里不免酸溜溜的,心想,倒还成就了这小子。

　　临近元旦,王学明从市招聘网上看到一则消息,市建设工程局招投标办公室招聘工作人员。王学明对照招聘条件,自己的学历、专业、职称、年龄、工作年限均符合要求,便带着相关资料去报了名。通过半个月的认真学习,他顺利通过了笔试和面试,成了一名事业单位编制内的工作人员。这事除了妻子范静雅知道，别人谁也不知，他连李怀善也没告诉。

过了春节，他去招投标办公室报到的前一天早上，才把辞职报告送到了奚雨生手里。两人翻脸后，王学明还是第一次来他的办公室。

奚雨生接到辞职报告时，先是一愣，接着皮笑肉不笑地说："不想在这里干了？"

以前，一个是老板，一个是副总经理，说话时奚雨生的态度还有所顾忌，现在他对王学明说话，则完全是一副居高临下的架势。

王学明说："嗯，想换个环境。"

"好吧，我同意。"奚雨生认为王学明每天上工地，一来放不下面子。二来，酷暑严冬，风里来雨里去，吃不来苦才不想干的。心想，算你识相，与我过不去，会有好果子吃吗？

"办理档案和各种有关调动的事，还希望你开绿灯。"

"放心，我会关照胡作惠的。"奚雨生的口气有些不耐烦。

"那就谢谢了。"王学明不卑不亢，说完转身离开。

王学明走后，奚雨生才想起，怎么没问他的去向。一想算了，能有什么好地方，不就是换个建筑公司嘛。刚到人家那里，不会马上就给你个科长或副总干干吧。

从奚雨生那里出来后，王学明立即去找李怀善。办公室门没锁，可他不在，知道他可能去了工地，便拨通了他的手机。

听说王学明要离开公司了，李怀善一愣，说："学明你别走，在我办公室等着，我马上回来。"说实话，这消息李怀善并不感到意外。

不到半个小时，李怀善赶回来了。王学明从沙发上站起来说:"这么快?"

"你要走了,我能不急着回来?"李怀善表情凝重,语气沉重。

王学明听后,神色突然黯然,表情凝重地张了张嘴,没说什么。毕竟相处这么多年,一旦要分别了,总有些留恋。不是迫于无奈,谁愿意离开自己熟悉的地方。

"奚雨生知道了吗?"李怀善把门关上后,边问边泡茶。

"知道了,我已经把辞职报告给他了。"王学明的神情又开始轻松起来。

"他同意了吗?"

"同意了。恐怕他巴不得我早点离开这里呢。"王学明笑着说。

"你这家伙,事先怎么一点儿风声也没有?"李怀善把茶杯放在他面前,自己也在沙发上坐了下来。

"事情没落实,没有把握的事我不敢先吹。"

"先吹?看来新的工作不错吧。说说看,去哪里高就。"李怀善一扫心中的阴霾,顿觉轻松起来。

"高就说不上,一份工作而已。"王学明口轻薄言说。

"别绕圈子了,去哪里?什么工作?"李怀善有些急不可待。

"市建设局的建设工程招投标办公室。"

"好!好单位!好工作!学明,祝贺你!"李怀善兴高采烈起来,从心底里为他祝福,而后忽然想起一事,"学明,你走后,股金怎么办?"

"这事我考虑到了。我想先放着,到时候要我退出股金,也是情理中的事。只要按规矩,怎么办我都没意见。"

"奚雨生没提这事?"

"可能他见我要离开了,一时高兴得还没想到这事呢。"王学明笑着说。

"你没告诉他你去哪里?"

"没有,他不问,我也就没说。"

"噢!不过,这事他很快就会知道的。"

"是的,但你也不要主动告诉他。"王学明说。

李怀善笑笑说:"我只当不知道。"

"股金的事,恐怕到时候你要帮我说说话。"王学明担心奚雨生到时候耍无赖。

"放心,这事用不着我帮忙,你自己会帮自己的。"李怀善笑着说。

王学明听后淡淡一笑,明白个中意思。

王学明把去招投标办公室上班的事,分别打电话告诉了镇上的两个同学,他们听后都为他高兴。副镇长郭敬涛说,我就知道是金子总会发光的,奚雨生是有眼不识泰山;建管所所长茅旭宏说,塞翁失马,焉知非福,你是因祸得福,向你表示祝贺。

王学明递辞职报告的第二天,奚雨生就知道了他的去向。这天一上班,奚雨生就把李怀善和于慧芳叫了去。把他们叫去的目的,不是问王学明的去向,而是和他们商量王学明的股金怎么办。按理,要把股金退给王学明,应该先财务审计,对公司的资产进行评估,然后才好按股份制企业的法律法规,作出合理的结论。可奚雨生不管这些,他认为,是王学明自己要离开公司,所以给个本金也算便宜他了。这也是王学明作的最坏打算。

当奚雨生把想法说出来后,李怀善淡淡一笑,说:"老板,你知道王学明去哪里上班吗?"

奚雨生哼了一下,说:"不知道。他不告诉我,我才懒得问呢。"

奚雨生不问,本来李怀善也懒得告诉他,可考虑到在讨论王学明股金的事，只得说："王学明去建设局的建设工程招投标办公室上班，是考进去的，还是编制人员。"

奚雨生听后哑然。心想，这下糟了，今后王学明要在工程招投标的事情上给公司添麻烦，那我们就有苦头吃了。他沉吟片刻后说："股金的事今后再说吧。"

半个月后，王学明拿到了五倍于原始股的退股金额。尽管没有通过财务审计和资产评估，离期望值也相差甚远，但这结果他还算满意。

几天后，王学明还接到了一个来自远方的电话，是徐悦云打来的。徐悦云高兴地告诉他说，她在家乡的镇上开了一个小卖部，生意还可以。她还祝他工作顺利。王学明为她高兴，心想，她总算有了一份属于自己的事业。他在电话里祝她生意兴隆，并告诉她，他已去市建设局的招投标办公室工作。她听后高兴得连连向他表示祝贺。

王学明离开广厦建筑公司大半年后，市区有一个住宅小区的建设工程，二十多万平方米，实行公开招标。参加投标报名的单位，都是具有相当实力的施工单位，甚至有一个外省来的特级企业也报了名，竞争不可谓不激烈。广厦建筑公司也报了名，这是他们公司升为一级企业后，第一次参与这么大工程项目的竞争。经资格审查，最后定三家单位参与竞标，他们是广厦建筑公司和另一家一级施工企业，还有一家就是外省来的那个特级企业。奚雨生仿佛第一次上大战场的将军，心里有一种莫名的冲动和兴奋。他要调动公司的一切力量，采用各种手段，全力以赴参与这次竞争。冲动和兴奋之余，他有很多担心。担心公司的技术力量不如人家，工程造价和施工组织设计没有人家做得精准；担心关系没人家硬，了解不到真实情况而造成报价的尺度不能正确把握；他更担心的是王学明会报复他而从中作梗。奚雨生已了解到，这个工程招投标的具体操作人就是王学明，而且他还兼任这次评标小组的组长。真是狭路相逢，冤家路窄，奚雨生急得抓头挠耳、茶饭无味。

担心归担心，着急归着急，但事情得认真对待。为此事，奚雨生专门召开了董事会，商量对策，合理分工。会议决定，从技术科抽出两名经验丰富、业务水平最好的技术人员负责做标书；让李怀善亲自负责施工组织设计的编写。这时，奚雨生又想到了王学明，要是他在，这些工作就不用自己操心了，而且，编写施工组织设计王学明是最合适的人选。奚雨生心里很不是滋味，呼吸也不顺畅。

内部分好工后，奚雨生开始上下活动。

一天，奚雨生拎着他随身携带的手提皮包，包中塞了两条软中华香烟，来到招投标办公室邢主任那里。办公室里正好没其他人，奚雨生拿出两条烟，点头哈腰说："一点儿小意思，请邢大主任笑纳。"

"奚老板，你这是什么意思？"邢主任一脸疑惑。

"没其他意思。这次招投标的事，还请邢主任多多关照。"

见奚雨生道出缘由，邢主任笑笑，说了句让人捉摸不透的话："奚老板，你就这么小看我？"说完把桌上的香烟向外推了推。

奚雨生以为邢主任嫌少，笑容有些僵硬，说："邢主任，事成之后，一定重谢。"他知道，这么大的事，这确实少了点。但考虑到如果不能中标，送的礼就打了水漂。没把握的事，他不愿过多地提前花冤枉钱，这也是他为人处世的风格。

"奚老板，你误会了。这次招投标的事，我已向下面的经办人员表过态，我决不会替任何一家投标单位打招呼说情。所以，你不管送我多少都是白送。"邢主任的表情严肃起来。

奚雨生脸上掠过一阵红晕,有些尴尬,笑笑说:"邢主任,即使不为这次招投标的事,孝敬你两条烟也是应该的嘛。"他想,也不知邢主任说的是真是假。即使是真的,今后和他打交道是免不了的。所以,烟不会白送。

为了避免尴尬,邢主任还是把烟收下了,并说:"既然奚老板这样说了,那我就无功受禄了。谢谢!"说着把烟放进了抽屉。

从邢主任办公室出来后,奚雨生有些闷闷不乐。看来这次中标无望了,即使这次的工程造价做得再正确,报价再合理,施工组织设计编写得再好,最终也会栽在王学明手里。他想屈尊去拜访王学明,可去了说什么好呢?去向他赔礼道歉,说过去错怪了他,还是也去给他送烟呢?香烟汽车里现成有,要送也方便。但说实话,不要说心里不愿意,即使去了,赔礼道歉的话也出不了口;再如果送香烟他不受,还要看他的脸色,自己就更尴尬了。奚雨生心里五味杂陈。再说,他也实在放不下这架子,蚀不了这口气,想想还是算了。他闷闷不乐地打道回府,司机见他不开心,一声不响只顾开车,奚雨生平时喜欢听的音乐也不敢放。

回办公室后,奚雨生心神不定。这工程对公司来说实在太重要了。如果这次能中标,首先会扩大公司的影响,提高公司的知名度。而最主要的是,目前公司没有多少业务,如不能中标,不但跨年度工程得不到落实,而且很可能会造成业务脱节。奚雨生心里烦恼着,心想,王学明还真是自己的克星,怎么他走到哪里都会给自己带来麻烦呢?可烦恼归烦恼,麻烦归麻烦,办法还得想。他打电话把李怀善叫到了办公室。

"怀善,我去了招投标办公室邢主任那里,还带去了两条中华香烟。"奚雨生面无表情,看着李怀善说。

"邢主任收下了？"李怀善明白他去送烟的意图，认为只要人家肯收，就愿意帮忙。但认为两条烟可能少了点。

"收了，但他说不插手这次招投标的事。"奚雨生面色阴沉着说。

"噢。"李怀善在猜测奚雨生叫他来的意图。

"邢主任说，这次招投标工作的具体经办人是王学明。看来，我们没戏了。"

"……"李怀善不知如何回答。

"我本来想去拜访一下他的，可又怕被拒之门外。"奚雨生神色黯然，很不情愿地说。

李怀善终于明白了叫他来的意图，但他装糊涂，说："那怎么办？"

奚雨生心里白了他一眼，你小子也来跟我装糊涂，打马虎，心里不适，嘴上却只得说："我想让你跑一趟。"

"我行吗？"李怀善确实担心这事不好办。

"你平时和他关系不错，他应该会卖你面子的。"

"为公司的事，不一定。"意思很明白，如果是他李怀善的私事就另当别论了。

奚雨生又是一阵尴尬，但为了公司的事，当然更是为了他奚雨生的事，他只得说："不管效果如何，你应该去一趟。"

"好吧，我试试。"

"去的时候，除带两条中华烟外，再带两瓶五粮液酒，最好你再请他吃顿饭。"说这话时，奚雨生心里觉得特别不好受。

"好吧，这事我去办。"

"还有……"李怀善起身告辞时，奚雨生把他叫住。

李怀善等着他的下文，可他又打住了。

奚雨生努力了好一阵，才很不情愿地说："还有，你去后替我向他打个招呼，说我以前对不起他。去吧。"说完，闭上眼睛靠在椅背上，一副十分疲惫的样子。

事不宜迟。次日，李怀善备了烟酒，开车去了王学明那里。王学明在会客室热情接待了他，边泡茶边说，今天怎么有空？李怀善笑着说，一直想来看看你，今天正好有事找你。王学明调侃说，不会是奚雨生叫你来做说客的吧。

"还真给你说对了。他还叫我带话，过去的事，向你赔礼道歉。"李怀善端起茶杯，吹了吹浮在上面的茶叶，想喝一口，太烫，又放下了。

王学明说："赔礼道歉？恐怕不是他的心里话吧？"

李怀善说："你说呢？"

王学明转换话题说："他没叫你带东西来吧？"

"带了，两条好烟，两瓶好酒，都在车上。"李怀善说，"怕别人见了不好，所以没带上来。等会儿一起去吃饭时给你。"

王学明笑笑说："又是赔礼道歉，又是好烟好酒，还要请我吃饭，奚雨生是出于无奈、很不情愿的吧？"

"也许是吧。"李怀善看了他一眼，猜不透他笑容后面隐藏着什么。

"嘿，你们把我当作什么人了。"王学明面露不悦。

"学明，我可是奉命而来的。"李怀善笑着解释说。

"怀善，你我现在各为其主。"王学明说，"你回去跟奚雨生说，我不要他的好烟，也不要他的好酒，更不要吃他的饭。再说，我好不容易得来的这份工作，还不想失去呢。"

李怀善说："学明，我理解你。我这就回去交差。不过……"

"不过什么？"

李怀善犹豫了半天，说："不过，还希望你能看在在公司工作了这么多年的分儿上。况且，公司的一级企业资质还是在你手里办成的呢。同时也看在我们其他几个董事会人员的情分上，到时候能和其他投标单位一视同仁。"他想说，到时候最好能网开一面，特殊照顾一下，但他没好意思说出口。

"放心，我可不像奚雨生那样小心眼。"

李怀善猜不透王学明在让他吃定心丸，还是在敷衍他。但不管怎样，这话听上去舒服。他起身说："这就好，我也该走了。什么时候我们找个时间，再找几个人聚一聚，不为别的，只为我们曾经是同事。"口气有些伤感。

王学明拍拍他的肩，说："好，这话我听得进。"

第二十章

　　李怀善并没有因为没有完成任务而不快,相反,他对王学明感到满意。回公司后,他没有急于去向奚雨生汇报。次日一早,奚雨生迫不及待地把他叫到办公室,问他去王学明那儿的情况。李怀善说:"他没有收,也不愿吃饭。"

　　奚雨生的脸阴沉下来,心想完了。他叹了口气说:"没想到,他会去那个单位。"

　　李怀善还真希望王学明对他报复一下。真要是这样,你奚雨生也是咎由自取,怪不得别人。不想给别人留有余地的人,难道也想条条道路通罗马?

　　李怀善见他无精打采的样子,说:"如没其他事,我就走了,我还得抓紧时间编写施工组织设计呢。"

　　"去吧,关照两个计算工程造价的人,一定要认真对待。"奚雨生想,现在也只能死马权当活马医了。

　　李怀善对两个计算工程造价的技术人员,又进行了一番嘱咐,然后来到档案室,找出以前王学明编写的、类似于商住楼小区建设的施工组织设计。王学明是这方面的高手,以前凡重要工程的施工组织设计,大多出于他的手,即使不是他亲手编写,至少也得通过他的审核才付诸实施。王学明是这次评标小组的组长，很可能他会亲自参与施工组织设计的评审。所以，这次的施工组织设计，李怀善要按王学明的套路进行编写，这既借鉴了他的方法，又对了他的口味。

李怀善走后，奚雨生陷入了沉思。使他想不通的是，和王学明不知是前世就结下了冤仇，还是今生命运的安排，两人仿佛冤家夫妻一般，不是冤家不聚头，而且既聚不拢还分不开。他梳理着过去两人之间发生的一切，直想得他头发痛心发沉。最后他想，要不是把他逼到死胡同，他会考到招投标办公室去吗？现在人家可掌握着我的命运，他会给我好果子吃吗？他为什么不肯收烟和酒，李怀善请他吃饭也不答应，还需要过多的解释吗？有仇不报非君子，换了我奚雨生，也会这样做的呀。奚雨生想到这里，脊背生凉，不寒而栗。

奚雨生想得有点累，靠在椅背上想休息一会儿。不一会儿，他便迷迷糊糊睡了过去。刚睡着，便走进了梦境。

吃过晚饭，他在乡下老屋前的道路上散步。他跑着跑着，突然掉进了坑里，跌了个四脚朝天，他站起来活动了一下，还好，没有摔疼。他不明白，好端端的路上怎么会有一个坑的呢？他没有急于向上爬，而是坐在那里想缘由，想了好一阵才想明白。前一段时间，老是有车辆路过这里，吵得他休息也不得安宁，他便叫陈维前带领几个人在这里挖了个坑，以阻止车辆通过，没想到车辆是不能通过了，自己却跌了进去。他往上爬时想，挖的时候没有这样深，现在怎么变得这样深了？他抓住坑沿使劲往上爬，可不是脚底打滑，就是手里抓的泥土松散，使他一次次掉进坑底。他没了办法，急得直喊，可呜哩呜哩又说不清。直到他再一次掉进坑底时，才醒了过来。他神情沮丧，满头冷汗。

奇怪，怎么做了这样一个梦？他马上想到了睡着前想的那些事情，联系到这次招投标的事。难道这梦应在了这次投标的事上？以前想把王学明赶尽杀绝，现在看来，这不是自己在前面为自己挖了个坑吗？唉，真是咎由自取，自取其辱。奚雨生苦笑着摇了摇头。从种种迹象来看，这次投标希望渺茫，或根本就没有戏。算了，不想了，听天由命吧。

再有一个多月，又要进入年关了。去年的年关对奚雨生来说，虽然与王学明闹了点别扭，但总的来说是喜事连连。今年的年关，就不知道是喜还是忧了。奚雨生想，或许，这里面隐藏着因果报应，去年我没让王学明过好年，今年轮到他王学明不让我过好年了。

半个月后，李怀善准时把标书按要求封好后，按指定地点投进了投标箱。

开标工作如期进行。

按理，这么大的工程，作为法人代表，奚雨生一定要亲自到开标现场的。但他不想与王学明直接接触，更不想看到王学明坐在主席台上居高临下决定他的命运。他叫办公室主任胡作惠开了法人委托书，委托李怀善带队去参加开标。

李怀善带了相关人员和法人委托书，企业资质证书，工商营业执照，项目部的技术负责人、施工员、质量员、安全员、预算员、资料员等几大员的身份证，以及执业资格证书等一应资料，准时来到开标现场。

开标现场，气氛有些紧张，被遴选后的三个投标单位的代表，均按指定座位各自就座。各单位的人各自交头接耳，窃窃私语，等待最紧张时刻的到来。

时间到了，王学明、建设单位代表、公证处代表等一行相关人员，鱼贯走上主席台。王学明西装革履，风度翩翩。他面带微笑扫视了一下台下，当看到神情严肃紧张的李怀善后，把目光收了回来。

王学明与台上的几位交换了一下眼色，互相点点头，示意按程序开始开标。

首先由公证处代表检查标书，确认三个投标单位的档案袋密封完好、填写的内容和盖章都符合要求，然后把档案袋当众拆封，取出标书，分发到台上相关人员手中。接下来是投标单位的代表分别上台，宣读标书上的工程报价和工程质量等级等相关内容。报价的数据和质量等级等内容，由工作人员抄写在黑板上预先制好的表格中。

广厦建筑公司最后一个上台宣读标书。李怀善看到前面两个单位的报价后，心里就凉了半截。他要报的价介于前两个单位之间，那个特级企业的报价明显占有优势，便认为自己基本没戏了。他报价时神情有些沮丧，中气也不足。

根据目前黑板上综合数据的排序，特级企业第一，广厦建筑公司第二，另外一个公司第三。第一和第二只有一点二分之差。还有最后一项分数是施工组织设计的得分，这要通过评标小组评审后才能得出分数。这时，开标仪式进入下一个议程，评标小组对施工组织设计进行评审打分，其他人员中场休息，等候消息。

第三名的分数差距较大，知道和尚望轿子，没自己的份儿了。他们等待的是看人家的结果。只有第一和第二名的单位代表心情是紧张的，特级企业的代表既紧张还有点激动，认为该标非他们莫属。此时的李怀善，既紧张又失望。现在唯一的也是十分渺茫的希望，只能寄托在施工组织设计上了。

李怀善多么希望王学明能放开胸怀，摒弃前嫌，秉公评标，如若这样，即使自己公司中不了标也心甘情愿；他多么希望自己编写的施工组织设计，能打动评标小组人员，特别是王学明的心；他甚至心怀叵测地希望，那个特级企业编写的施工组织设计能出点纰漏。

紧张的等待中，李怀善打了个电话给奚雨生，向他汇报目前的情况。奚雨生听后，口气平静地说："知道了。"

奚雨生口气平静，心里却不平静。心里不平静的原因不是因为紧张，而是他知道，王学明会顺理成章地把中标单位给那个特级企业，这在他心中已没有悬念了；还有一个不平静的原因，是今年的年关，自己和自己的公司将会很难过，公司的跨年度工程寄托在这个工程上。如若中了标，施工设备在年前就可以进场，明年上半年的业务就可以高枕无忧了。可现在一切希望将成为泡影。而且照此下去，只要王学明坐在招投标办公室的那个位子上，广厦建筑公司今后就不会有好日子过。奚雨生烦躁地在办公室里来回踱着。突然，一个恶念来到他的脑海里。他想，如果这次中不了标，我就让人出去宣扬你王学明过去的"劣迹"，而且这次人家中标是因为你王学明收受了人家的贿赂。嘿！你不让我好过，我就让你身败名裂。等你滚出了招投标办公室，我就无后顾之忧了。

施工组织设计的评审结果出来了。广厦建筑公司以一点五分的微弱优势领先于那个特级企业，最后的总分是，广厦建筑公司高于特级企业零点三分。结果是广厦建筑公司中标。

当把分数读出来后写上黑板时，李怀善简直不敢相信自己的耳朵和眼睛。他揉了一下眼睛，再看了一遍，确认无误后，他的眼睛潮湿了。他深情地看了一眼台上的王学明，王学明则在专注地看手中的资料。

施工组织设计评审时，王学明认真审阅了三家单位的内容。当审阅到广厦建筑公司的施工组织设计时，他仿佛看到了自己的孩子一样，亲切感扑面而来，这份施工组织设计仿佛出于自己的手。这个李怀善，确实用足了心思和工夫。另一家一级企业的施工组织设计编写得也不错，可与另两家比，就有了差距。现在要比较的是特级企业和广厦建筑公司。按两家的内容和水平，确实没有多大差距，而且整体水平特级企业还略占优势。可王学明把别人一时疏忽的问题提了出来。他提醒大家说："特级企业编写的各项内容，都是按特级企业的标准编写的，这就牵涉到夜间施工、冬季施工和脚手架工程等方面的取费标准要高于一级企业，这没有问题。问题是这些取费不包含在各投标单位的报价之中，这是这次招标文件中注明的。大家对这一点不知有没有自己的看法。"

说实话，这个问题要不要提出来，王学明心里有些矛盾。不提出来，广厦建筑公司肯定没戏；提出来了，对特级企业有点残酷。他想到了奚雨生，心想算了，不提也罢；可又想到了李怀善，想到他用足了心思做的施工组织设计，还有那次来看望他分手时的话；更主要的是关乎公平、公开、公正的原则；而且考虑到自己作为一个政府工作人员应有的责任担当。他思量再三，这事不能有悖于自己做人做事的原则。所以，最终还是提了出来。

这一提醒，就使大家特别是建设单位评判的天平倾到了广厦建筑公司一边，毕竟这是一笔不小的费用，况且，广厦建筑公司的标价还略低于特级企业。权衡利弊，就有了这样的结果。

评标结束后，李怀善迫不及待地打电话把结果告诉了奚雨生。

奚雨生接电话后,虽然顿感轻松,有一种如释重负的感觉,但表情僵硬,内心十分复杂,好长时间也不说话。

奚雨生不说话,李怀善猜不透他这时的心情。得不到回音,李怀善只好把手机从耳边移去。

第 二 十 一 章

王学明离开广厦建筑公司不到半年,生产科的小马也离开了公司。小马认为,王学明这样的人物也落得这样的结果,像我这种喜欢较真的人,即使再努力,工作再出色,在奚雨生手下,也不会有好的前程。良禽择木而栖,趁着还年轻,赶快跳槽。王学明走了,小马再一走,从工地到科室又接着走了好几个技术骨干。

王学明和小马等人走后,就影响了广厦建筑公司中高层管理者们的情绪,就动摇了军心,李怀善的情绪也一度跌落到了低点,直到那个住宅小区中标后他才慢慢振作起来,但再也没有过去的工作热情了。

那个住宅小区中标后,奚雨生虽然把那工程当作公司的重点项目对待,但毕竟少了王学明、小马等技术骨干,他自己又不能事无巨细都亲力亲为。李怀善就是有三头六臂,使出浑身解数,也不能面面俱到把公司管理得有条不紊,更何况王学明走后他总感到有点心灰意冷。中标的那个住宅小区的工程质量不但没有达到在标书上的承诺,还几次受到了市质监部门的点名批评。安全施工更是糟糕,主体结构快封顶时,脚手架上还摔死了个人,这就严重影响了公司的声誉和业务。由于管理不到位,工程结束时，经济效益很不理想，材料款、人工工资也不能及时付清，从此，公司开始走下坡路。

王学明在招投标办公室工作一晃已五年多了。他第二年当上副主任，第四年就当上了主任。正当他的事业顺风顺水的时候，命运之神又找上门来了。

一天下午，李怀善来到了王学明的办公室。

"怀善，今天怎么有空？"一看是李怀善到访，王学明马上起身相迎，"最近在忙什么呀？好长时间没见到你了，也不说来个电话，还以为你把我忘记了呢。"

五年多来，两人一直保持着联系，即使不见面，过一段时间也会打个电话或发个微信互相问候一下。近来李怀善确实有点忙，有一段时间没和王学明联系了。

"最近确实有点忙，没特别的事也就没来打扰你。"李怀善边说边在沙发上坐了下来。

王学明边泡茶边笑着说："看来，今天是有特别的事才来的了。"

李怀善说："今天来建设局办点事，顺道来你这里讨杯茶喝。"

"这就对了，没事也可以来坐坐的嘛。说说看，最近公司的情况怎么样。"王学明把茶杯放在李怀善前面的茶几上，然后端了自己的茶杯，坐到他的身旁。

"公司的情况嘛，能好到哪里去。再加上建筑市场越来越规范，奚雨生的那一套越来越不灵了。"

王学明说："不是还有你吗，还有其他管理人员吗？"

李怀善喝了口茶，苦笑了下说："我们有什么用，奚雨生的脾气你又不是不知道。"

见李怀善心事重重的样子，知道他今天恐怕不是专门来坐坐或是来讨杯茶喝的。王学明侧目看了他一眼，说："怀善，听你的口气，公司的现状好像并不乐观，能说说具体情况吗？"

"当然能，对你，我还有什么不能说的？"李怀善说，"自从你离开公司后，公司的情况就每况愈下，这，我不说，你可能也有所耳闻。更加上奚雨生今年上半年体检时，被查出得了肝癌，公司的前景就更加渺茫了。"

"什么？你说奚雨生得了肝癌？"王学明插话说。真是天有不测风云，奚雨生的身体一直好好的，怎么说病就病了。

李怀善说："是的，这也是我今天到你这里来的原因之一。"

"你是说，你今天来的主要原因是为了告诉我奚雨生得了癌症？"王学明说，"严重吗？"

李怀善说："晚期，估计时日不多了。"

王学明说："你想让我去看看他，还是纯粹是为了告诉我这个消息？"

"是的，我是来告诉你这个消息的。"李怀善说，"要不要去看他，你自己拿主意，我不发表意见。"

"噢……"看着面色沉重的李怀善，王学明已经没有了一开始老友相见的高兴劲。他心里有些复杂，没有表态是否要去看望奚雨生。

"学明，公司面临这样的情况，你说我该怎么办呢？"李怀善转换话题说。

"怀善，你也不要过于担心，船到桥头自然直。首先你要振作起来，不能让公司垮掉。"说到担忧，也许是李怀善今天来的另一个原因。王学明想，是啊，这么大一个公司，如真的垮掉了，多可惜。

"我能有什么办法？现在公司这条风雨中的大船，我能掌控得住局面、把得住舵吗？"李怀善忧心忡忡地说，"就目前这种状况，如果他奚雨生一旦撒手西去，公司将怎么办呢？"

"奚雨生是什么想法？他会不会叫他儿子回来接班？"王学明想，奚雨生持有超过百分之五十的股，子承父业，也是情理中的事。

"奚雨生还真有这想法。可他儿子对搞建筑没兴趣。"李怀善说，"再说，他儿子在外国有一份安逸的工作，而且妻儿都在国外，他根本不想回来接这副摊子。这是奚雨生亲口对我说的。"

"怀善，你说奚雨生的肝癌已到了晚期，估计没多少时日了，医生是怎么说的？"王学明转换话题说。他认为自己已离开公司这么多年，不在其位不谋其政，没必要再去过问公司的事了。

"说是最多还有半年。"

"噢，这么快。"王学明虽然是被奚雨生逼走的，但听后心里不免唏嘘，心想，人的生命怎么如此脆弱。

因心情都有些沉重，不一会儿，李怀善就告辞了。

送走了李怀善，王学明心里不平静了好一阵子。虽说离开公司这么多年了，但人都是念旧情的，撇开奚雨生说，他对公司还是有感情的，况且，公司一级企业的资质还是在他手上办成的呢。回家后，他把李怀善说的情况说给妻子听，妻子听后，先说了句让人不太理解的话："也真是作孽。"接着又说："好端端的一个企业，给他弄成这个样子。他倒可以一走了之，可公司今后怎么办？"

王学明说："真是可惜。"也不知道他在为公司落到今天这样的地步可惜，还是为奚雨生感到可惜。王学明自己也一时说不清。

王学明动过要去医院探望奚雨生的念头，他想，我不能和奚雨生一般见识，冤家宜解不宜结，毕竟这么多年了，也该放下了。何况自己因祸得福,考进了招投标办公室,也许这就是命运。不计较了,应该找个时间去看看他。可因公务繁忙,他把这事给耽搁了。

不到半个月,李怀善又来到了王学明的办公室。

"学明,我今天是受奚老板的委托来的。"两人坐下后,李怀善开门见山地说。

"怀善,你是说今天是奚雨生叫你来的?"王学明这就猜不透李怀善的来意了,感到有点不可思议。

"是的,他剩下的时日可能不多了,他想见见你。"李怀善说,"我猜想,他想见你的想法已经有一段时间了。"

"这又是为什么?怀善,你知道个中原因吗?"

"当然知道,不然我今天就不会来了。"

"那好,说说看。"王学明看了一眼李怀善,洗耳等着他的下文。

第二十二章

奚雨生对自己的身体向来很自信,平时即使有个感冒发烧,也是自己去药店配药自治。他已经几年没有去医院做体检了,他说,无毛无病去医院干什么。最近一段时间,他感到身体乏力、饭菜无味。镜中看自己,面色灰暗无光,这才意识到身体可能出问题了。他妻子多次对他说:"雨生,我看你最近怎么越来越瘦,脸色也不好看,快去医院做个检查。"

奚雨生虽然嘴上说着不会有事的,但还是去了医院。

真是不查不知道,一查吓一跳,这一跳还非同小可。医生没有把检查结果直接告诉奚雨生,而是告诉了他妻子宋桂娣。宋桂娣听后,两腿一软,一下瘫坐在了地上,一把眼泪一把鼻涕地哭了起来。奚雨生一看,知道事情大了。对医生说:"你告诉我,究竟是什么病。"医生见瞒不过,只得实情相告:"肝癌晚期。"奚雨生一听,顿时就傻了眼,心凉了半截,面孔也脱了色。他立即办了转院手续,去了上海的大医院,专家一看,已不能手术了,只能保守治疗。看看华佗再世也回天乏术,只得让专家开了治疗方案回家乡的第一人民医院进行化疗。宋桂娣打电话把情况告诉了在国外工作的儿子奚浩宇,奚浩宇听后,立即启程,只身赶回了家。

事已至此,虽然心有不甘,但也只得面对现实,奚雨生开始考虑后事了。他最放不下的是家人,最担心的事是广厦建筑公司。尽管公司目前的状况很不理想,资债可能还不能相抵,但自己是老板,持公司股份一半以上。自己一旦撒手西去,公司就会旁落他人之手。这对奚雨生来说,怎么也不会甘心。怎么办?唯一的办法就是让儿子回来做公司的掌门人。所以,化疗的第一个疗程结束后,他就急着要求回家了。他要回家商量大事。

回家后,奚雨生开了个家庭会。会议的主题是:他希望儿子能回来接管公司。奚浩宇听后,头摇得像拨浪鼓,说:"我在国外有自己的工作,且妻子孩子都在国外,我不回来。"

奚雨生说:"那怎么办?难道我就放弃广厦建筑公司了?"

奚浩宇说:"爸,你可以通过资产清算拿回自己的股份。"

奚雨生说:"这么大一个公司,要盘清家底谈何容易。真要弄清所有资产,或许到那一天我已经不在了。更何况,根据公司目前的状况,资债能否相抵还不知道呢。"

奚浩宇说:"资债能否相抵?那我就更不能回来了。"

奚雨生看了眼儿子,失望地摇了摇头,右手按住疼痛的腹部,一连串的咳嗽,直咳得他上气不接下气,面孔涨得像紫茄子,心里直骂儿子忤逆。稍稍平静后,奚雨生说:"那怎么办?就这样把公司拱手让给他人?"

奚浩宇说:"那又怎么样?爸,听你的意思,好像是资债最多只能相抵。也就是说,你在公司已没有资产了,有什么放不下的。"

奚雨生说:"我不甘心。"说完又一阵咳嗽。

宋桂娣边替丈夫揉背边说:"好了雨生,别想那么多了,身体要紧,也许浩宇说的是对的。有什么甘心不甘心的,就让他们去干吧,反正公司也就那样子了。"

"可是谁接得了这么大一个摊子呢?"说实话,虽然奚雨生没有管理好公司,可他不希望公司就此垮掉。

宋桂娣说:"就让李怀善去干吧。你都这个样子了,还管那么多干吗?"

奚雨生说:"李怀善能接手当然最好,但我估计他会推辞。再说,他太忠厚,只适合做副手。"

宋桂娣说:"那怎么办?好了,别想了,由他们去吧。"

奚雨生一阵沉默后想到了一个人。其实,这个人最近在他的脑海里已出现多次,每次想到他,他就感到自责,心里说,我对不起他。再说,他也不可能回来的。他叹了口气,自言自语说:我明天要去公司。声音轻得像蚊子叫。妻子问他说什么,他没有作答,闭上眼睛躺了下去,一副很疲惫的样子。

次日上午八时许,李怀善打电话给奚雨生,问他在医院还是在家里,说他想去看望他,奚雨生说:"我在家里,但你别来,我马上去公司。"

奚雨生打电话叫司机到家里接他。司机来之前,他先在卫生间的镜前整理了一下衣冠。看到自己面容憔悴,没有一点儿精气神,便一阵心酸。他调整了下情绪,强打起精神,然后走出卫生间。不一会儿,司机来了。到了公司,司机要扶奚雨生进电梯,奚雨生推开他说:"我自己走。"来到六楼,李怀善已在电梯口等他了。进办公室后,奚雨生说:"怀善,你把董事会人员都叫来,我们开个会。"

李怀善逐一打电话,不一会儿,全体董事会人员都来了。也就十多天时间,见奚雨生黑瘦了许多,一副病入膏肓的样子,大家心里有点难过。在这十多天时间里,公司上下议论纷纷,猜测着奚雨生的病情,一旦奚雨生的身体不能康复,公司将怎么办?有些话虽不能说出口,但都心照不宣。董事会人员虽不能和其他人一样把想法和担心放在嘴上和面上,但担心和焦虑不亚于其他任何人。今天见奚雨生来召开董事会,就不知道他要作何种决定了。见到奚雨生一脸病容,大家除了叫一声奚总或奚老板,其他的问候语就不知道该怎样措辞造句了。坐下后,大家都不说话,一个个表情凝重地看着奚雨生。小会议室静得鸦雀无声。

奚雨生不但表情凝重,而且心情十分沉重。他喝了口热茶,强打起精神说:"大家都知道了,我得了不治之症。我想,大家都在考虑,公司今后将怎么办。和大家一样,最近几天我也在考虑这个问题。"

大家听得心里一阵难过。不管奚雨生为人如何,把公司管理到现在这种程度,但毕竟共事这么多年,而且他已时日不多,也就不去计较他的人品和过去的成败得失了。于慧芳说:"奚老板,你瞎说什么呀,你一定会好起来的。"可话没说完,就抹起了眼泪。

奚雨生见空气有些沉闷,提了提精神,笑了笑说:"就不要安慰我了,我的身体自己明白。我们还是言归正传,商量公司的大事。大家看看,我们广厦建筑公司由谁来接替我的位子。"

叫大家怎么说呢,要说谁来接,论资排辈,当然是李怀善。但谁要是说了,不等于当着他奚老板的面,确认他已无可救药了?所以,一时又没有了声音,小会议室静得只有空调的嗡嗡声。沉默中,七个董事会人员,六个人一齐把目光投向李怀善。李怀善心中明白,要说接奚雨生的班,在座的,还真非他莫属。这一段时间奚雨生不在公司,如果不是他在掌控,公司早就乱套了,可他却说:"你们看我干啥,我可不行。"

李怀善想,我还真不能接这个班,公司表面光鲜,实际早已负债累累。近来,不要看公司表面平静,实际暗流涌动。董事会的其他成员都各自打着自己的小算盘。一旦奚雨生不在了,还不知会发生什么情况呢。李怀善也不是怕承担责任,他有自知之明,凭他的能力,他驾驭不了全局。他更明白,一旦接手,所面对的将是一只烫手的山芋。如果弄不好,自己身败名裂是小事,害了公司、害了广大职工可就是大事了。所以,这担子不能接。说实话,他不敢接。

"你如不行,还有谁行呢!"奚雨生嘴上这样说,心里却想,李怀善当副手是一块好料,要当一把手还真不是最合适的人选。但他不当,由谁来当呢?这时,他很不愿意地又想到了那个人,心里五味杂陈。

"李经理,你就别谦虚了。奚老板也说了,你不行,还有谁行呢。"于慧芳接着奚雨生的话说。说实话,她也想不出更合适的人选。

于慧芳这么一说,大家便你一句我一句说开了,说李经理是最合适的人选。

李怀善既像自言自语又像在说给大家听,轻轻说了句:"要是当年王学明不走就好了。"说完马上又后悔起来,他偷偷看了一眼奚雨生。

李怀善以为奚雨生会变脸生气,大家都认为李怀善说了句不该说的话,特别是在这个时候、这种场合,更不该惹奚老板生气。哪知,奚雨生面色平静,轻声说道:"嗯!要是他在就好了。"

不知奚雨生的话是出于内心还是在说反话,大家都用疑惑的目光看着他。见大家不说话,奚雨生接着说:"既然大家都认为李经理合适，就先定下李怀善今后接替我的工作。我希望在座的各位，在我住院期间或离开人世后，一定要团结一致，把我们的公司搞好。最近几年，因为我的原因，公司走了下坡路，我向大家作检讨。"

大家听后，心里又一阵难过。李怀善听后，则想到了"人之将死，其言也善"这句话。他听出了奚雨生的言下之意，自己并不是他心目中的最佳人选。尽管自己也不愿意接这个烫手的山芋，但这时也应该有个态度。他心情沉重地说道："我们衷心希望奚老板的病能好起来。在奚老板住院期间，我一定会尽到一个副总经理的职责，和大家一起，把工作做好。"

看看差不多了，奚雨生已浑身乏力，他强打精神说："如没有其他意见，会议到此结束。"大家都站起来离开时，他说："怀善留一下。"

都走后，奚雨生朝李怀善说："怀善，我知道你有想法，现在就我们两人，说说吧。"

李怀善看着一脸疲惫的奚雨生，有点于心不忍地说："奚老板，说句内心话，我担当不了这重任。"

奚雨生沉默良久，说："那你说，我们班子中，你也不行，还有谁行呢？你刚才说，要是王学明当年不走就好了，你这是什么意思？难道你有叫他回来的想法？"

李怀善内心一惊，难道奚雨生要单独问罪？"奚老板，我也是随便一说。因为我和他比，确实他更胜一筹，刚才大家提到我，我就突然想到了他，所以，这也是我的心里话。"李怀善为人诚实，不想隐瞒自己的观点。

奚雨生叹了口气，有气无力地说："怀善，你说得没错。我刚才也说了，要是他在就好了。只可惜……唉……"

李怀善疑惑地看着奚雨生，心里说，你真是这么想的？他试探着说："奚老板，你的意思是……"

"要是他愿意回来就好了。怀善，我也不是说你不行，只是你和他相比，像你刚才所说，他要更胜一筹。何况，现在公司不景气，要想掌控全局，没有非常之能力的人是不行的。说句心里话，我要是不生这病，也很难挽回公司这局面。这，我心里明白。"奚雨生说了句大实话。

"噢……"这下李怀善就不知该怎么回答了。

"当然，我这是一厢情愿，异想天开。他这么好的位子，怎么可能放弃，更何况他是被我逼走的。唉，我这是遭报应啊。"

"奚老板，你也不要过于自责了。也许，一切都是命运的安排。"李怀善嘴上这样说，心里却说，早知今日，何必当初，你还真是遭报应了。

"要是他能回来就好了，你们俩搭档才是黄金搭档。"奚雨生再一次表露了自己的心愿，他真担心自己一走，公司会就此垮掉。

为了安慰奚雨生，李怀善说："奚老板，要不这样，我找个时间去探探王学明的口气。"

"不，你直接去做他的工作。还有，给我带句话，就说我对不起他。"奚雨生尽管一脸倦意，但说过后，神情好像轻松了许多。

"这样最好。奚老板，你该休息了。"李怀善想，话可以带，但做工作，估计说了也是白说。他会放弃这样好的工作吗？何况，凭公司现在这样子，老板的位子并不是肥缺。

"嗯，我直接去医院。"奚雨生确实累了。

"好吧，我送你。"李怀善扶奚雨生进电梯出电梯，一直把他送到小车上，并关照司机，一定要把奚老板送到病床上。

第二十三章

"他想让你回公司。"李怀善本想婉转着说的,可一想,在王学明面前没必要,所以就直说了。

"什么,奚雨生要我回公司?开什么玩笑。"王学明听后哈哈一笑说。

"是的,不是玩笑。奚雨生希望你回公司掌舵。"

王学明说:"怀善,你说这可能吗?奚雨生走了,不是还有你吗?还有你们一班董事会人员吗?"

"我不行,我有几斤几两我自己清楚。希望你回去,不但是奚雨生的意思,更是我的想法。"李怀善说,"噢,还有,奚雨生让我给你带话,他说他过去对不起你。"

"不行。不管他过去对得起还是对不起我,我们撇开这话题。"王学明说,"怀善,你说我现在有一个来之不易的工作,有必要回去扛那根烂木梢吗?"

"这我理解,换了我,我也会这样想的。"李怀善说,"可是你不要忘记,公司一级企业的资质还是你亲手搞定的呢,一旦公司今后垮掉了,你不感到可惜?"

"怀善,你不要激将我,公司与我已没有任何关系了。"王学明嘴上这样说，可心里确实希望公司能够发展下去。他心里明白，公司的所有管理人员也都知道，没有他王学明，公司不可能成为国家一级施工企业。所以，要说他对公司一点儿感情也没有，那是假话。

"怎么没有关系，难道你对公司一点儿感情也没有了？"李怀善说，"我知道你现在混得不错，但我认为，施工企业才是你大展宏图的真正平台。"

"好了，不要给我上课了。我们说些其他的吧。"

"不行，我今天来就是给你说这些的。你要是回去了，我一定会全力做好你的助手。"李怀善不依不饶地说，"还有，公司现在正处于非常时期，奚雨生走后，如果没有一个合适的人掌控全局，公司将会失控。学明，我这绝不是危言耸听。"

"怀善，这话题今天到此为止。"王学明转换话题说，"你不是说奚雨生想见我吗？我想最近几天去看看他。"

王学明心情有些沉重，不知是被李怀善说得有些心动了，还是他内心深处对公司本来就有一缕抹不去的情结。经李怀善一说，他还真对公司的将来担心起来了。要不是当年奚雨生对他赶尽杀绝，他怎么也不会离开想一展宏图的广厦建筑公司。好了，不想了，五年多了，没必要再去纠结那些不开心的事了。既然他奚雨生想见我，我就应该有个姿态，不然，就是我气量小了。

"好吧。回不回公司的话题今天到此为止，我们下次再聊。"李怀善说，"你去看望他的时候，如需要我一起去，给我打个电话。"

下次再聊？还真有点不依不饶。王学明看了一眼李怀善，笑了笑说："也好，到时候我们一起去。"

送走了李怀善，王学明心事重重地靠在沙发上。他心里有些乱。他又想起了过去,想起了自己的初心。是啊,我在大学里学的是工业与民用建筑,学的是施工管理,李怀善说得对,我大展宏图的平台应该在施工企业,而不是坐机关。这时有人敲门进来,他的思绪才回到了现实中。

王学明下班回到家里,范静雅已经把饭菜准备在桌子上了,见丈夫一副心事重重的样子,范静雅说:"怎么啦,又遇到不开心的事了?"

王学明脱下外套挂在椅背上,边坐下边说:"今天李怀善又来我办公室了。"

范静雅想起了上次丈夫讲李怀善去他办公室说到奚雨生的事,她在王学明的对面坐下后说:"怎么,他又来给你说奚雨生的事了?"

"嗯,是的。他说奚雨生想见我。"

"奚雨生想见你?这就奇了怪了。"范静雅感到不可思议,她看了眼丈夫说,"你准备去吗?"

"他已到这个地步了,我应该去看看他。还有,他说有一件大事要托付给我。"王学明说到这里又停下了,看妻子的反应。

"他有大事要托付给你?什么大事?"范静雅停住夹菜的筷子,看着对面的丈夫说,"他不会是叫你回来接管公司吧?"范静雅自认为说了句玩笑话。

"你说对了,还真是这事。"既然说穿了,王学明只得实话相告。

"开什么玩笑。"范静雅认为这玩笑开大了,瞪着丈夫说,"你答应了?"

"没有,这事太突然了,再说,我即使同意,也要和你商量了才能答应。"王学明试探着说。

范静雅又说了一句开什么玩笑,然后说:"我不答应。"

"不要说你不答应,我也不答应。"王学明知道,这话题今天只能到此为止。

"就是,当时他是怎么对你赶尽杀绝的,你不要好了伤疤忘了痛。"

王学明本来想换个话题的,可经妻子这么一说,又想说下去了,他以开玩笑的口吻说:"静雅,我现在要是回公司,可是回来当老板的。要真是这样,你就是老板娘了。"

"我不稀罕那个老板位子,也不要做什么老板娘,我只要你有个安稳的工作,有份稳定的收入。"范静雅嘴上这样说,心里却想,是啊,当老板和当副手是不一样的。你奚雨生当年不是想尽办法赶走王学明的吗?现在学明真要是回来当了老板,还真是风水轮流转了。

见妻子想入非非的样子,王学明说:"好了,不开玩笑了,快吃饭吧。明天我抽个时间去看看他。"

次日一上班,王学明就赶快把手头的工作处理好,然后驾车去人民医院。为了避免可能会出现尴尬,王学明约李怀善一起去探望奚雨生,并说好在医院大门口等。王学明先到,他去医院门口的小超市买了鲜花、牛奶、水果等礼品。刚出超市,李怀善也到了。

两人并肩来到奚雨生的病房门口,李怀善先一步推门进去,见奚雨生醒着,在他开口前说:"奚老板,王主任来看你了。"

李怀善刚说完,王学明就来到了病床前,说:"奚老板你好!"

奚雨生见到王学明,眼睛一亮,死灰色的脸也仿佛活泛了许多。他有些激动,笑了下说:"王主任,你这么忙还来看我,谢谢你了。"奚雨生说完,强打着精神想坐起来。五年多来,两人

第一次说话，奚雨生有点不好意思，有些别扭。

奚雨生面黄肌瘦，形销骨立。李怀善几天没来，见奚雨生变化如此之大，感到很是吃惊。王学明更没想到奚雨生竟变成了这副模样，见他硬撑着要坐起来，赶快放下礼品，过去扶住他说："奚老板你快躺下。"李怀善见状，马上来到床尾，把床的前半截摇起来，让奚雨生的上身抬高到适当的位置。

"王主任，怎么还带东西来，你能来看我，我已经很高兴了。"奚雨生动起了感情，噙着泪水朝王学明说，"王主任，我过去对不起你。"

"奚老板，快不要这样说了，都过去这么多年了，你保重身体要紧。"王学明知道奚雨生现在的话应该是真诚的。

李怀善一听，知道两人已冰释前嫌，心里一阵高兴。

"再保重也没用了，我的时日不多了。"奚雨生叹了口气说。

旁边的宋桂娣听后抹起了眼泪，她插不上话，默默地去给王学明和李怀善每人削了一只苹果。李怀善为王学明端了张凳，让他坐下说话。

王学明说："奚老板，你也不要过于悲观，现代医疗发达，或许会出现奇迹。"

李怀善插话说："学明说得对，也许会出现奇迹的。"

"你们就不要安慰我了，人总有一死，我已到了这个地步，华佗再世也回天乏术了。我什么都可以放下，唯一让我放心不下的是广厦建筑公司。今天王主任来，我感到很高兴。"奚雨生盯着王学明说，"王主任，我有一事相托，这事怀善应该对你说过了。"

"奚老板，你别叫我王主任了，我听了别扭。还是叫我王学明听起来顺耳。"王学明知道奚雨生接下来想说什么，他想把话扯开。

"也好，就叫你学明吧。"奚雨生接下去说，"学明，我是行将就木的人了，刚才我说最让我放不下的是我们的公司。我考虑再三，恳切希望你能回公司主持工作。"

"这不行。"王学明说，"奚老板，你可以叫你儿子回来当家。况且，公司还有怀善他们呢。"

奚雨生说："我儿子不愿回来，再说，他也不是这块料。"

李怀善接着说："我也不是做一把手的料，这我有自知之明。学明，你回来了，我一定全力配合。"

王学明知道他俩在唱双簧，当然也是真心话。他说："你们也不要为难我了，即便我本人愿意回公司，也要征得建设局领导的同意，我不能辜负这几年他们对我的栽培。"王学明刚说完就后悔了，这话不留下余地了？

"这好办，我来给建设局长打招呼，一个招投标办公室和一个国家一级施工企业，孰轻孰重他会权衡的。"奚雨生说，"学明，算我代表公司求你了。你即使不看在我的面上，也希望你不看僧面看佛面，看在上千个职工的面上，看在整个公司的面上。一旦公司垮掉，这上千个职工就是上千个家庭。学明，我以前那样对待你，更没有把公司搞好，我不但对不起你，也对不起公司，更对不起广大职工。所以，我请求你务必答应我。"

奚雨生说了这么多，累得直喘气，脸上渗出一层细小的汗珠。王学明见状，只得说："奚老板，这事重大，容我三思，今天就说到这里，你得好好休息了。"

李怀善一听，看到了希望，他认为今天只能到此为止，赶快说："奚老板你累了，快休息吧。"他边说边把床摇下，让奚雨生躺平了休息。

次日刚上班，建设局胡局长就打电话把王学明叫去了。胡局长开门见山说:"学明,奚雨生希望你回广厦建筑公司,这你应该知道了。说实话,我是不想放你走的,可广厦建筑公司如果因为没有了奚雨生而垮掉,是我不愿意看到的。"胡局长看着一言不发的王学明,继续说:"说实话,广厦建筑公司这几年的情况很不尽人意,奚雨生已到了这个地步,我们就不去评判他了。现在,他主动要求你回去,这是他对你们两人过去的恩怨在做一个了结。这既是他对自己过去的否定,也是对你过去的肯定。学明,这也算是他为你正名了。而且,对你过去的种种不公,他在电话里都向我作了检讨。这些都过去了,就不去说了。"胡局长最后说:"说实话,奚雨生要你回去做公司的掌舵人,还正中我的下怀呢。学明,我说了这么多,下面说说你的想法。"

胡局长一下说了一大堆,而且一连说了三个"说实话",看来这确实是他的心里话了。还有什么好说的呢?说同意回去吧,这不是自己的心里话,说不答应吧,他局长大人都同意了,我能拗得过吗?王学明感到很为难,虽然他对这事作过深层次的考虑,但没想到胡局长这么干脆就同意了奚雨生的建议,看来自己已没有退路了。他只得说:"胡局长,这事有点大,您容我好好想一想。"

胡局长说:"事关重大,当然要好好想想。但你作为一名共产党员,一个国家机关工作人员,在组织上需要你的时候,你应该不负使命,敢于担当。"

都上起政治课了,王学明就更没有了退路。说实话,他对这些何尝没有想过。而且,他以前一直都是以责任和担当来严格要求自己的。他说:"胡局长,您的话我记下了。"

胡局长说:"这就好。如果你留恋公务员的位子,我可以向你保证,你今后公务员的性质和待遇不会变。"

王学明马上说:"不不,胡局长,您理解错了,我不是这意思,我是担心回去后做不好工作辜负了您的期望,辜负了广大职工的期望。"这确实是王学明的心里话,一来这事来得突然,二来现在建筑市场竞争激烈,弄得不好,撇开自己的名利不说,对上对下都不好交代。王学明虽然不看重名利,但他很在乎自己的名声。

胡局长说:"这就好。你不是这意思,但这是我的考虑,也是局党委的考虑,否则对你不公平。我们这样考虑,对你的妻子也算有个交代,我们应该照顾到她的感受。"

话都说到这个份儿上了,还能说什么呢?王学明不但不能说什么,甚至还有点感激,说:"胡局长,我答应您。"

"这就对了嘛。广厦建筑公司能成为国家一级施工企业,你功不可没。现在,党和国家提倡要走共同富裕的道路,我们不能眼睁睁看着广厦建筑公司衰败下去,更不能让这么多建筑工人面临失业的危险或再择业的困难,不能让这些工人家庭的孩子上学有困难、老人养老成问题。学明,回去好好干,不但要让广厦建筑公司纾困解难,而且要使公司发展壮大。你放心,我们会支持你的。"胡局长如释重负,亲自给王学明的茶杯中续水。

"请局长放心,我既然答应了,一定会尽力而为的。"王学明说完起身告辞。胡局长一直把他送到门外。

第二十四章

　　胡局长找王学明谈话的次日下午，李怀善打电话给王学明，说奚雨生的情况很不好，叫他马上去医院，并说奚雨生已经几次念叨到他了。王学明放下手头的活，驱车去市人民医院。他来到住院部，上楼后见病房门虚掩着。他推门进去，放轻脚步来到病床前，见奚雨生面色很不好，鼻孔中插着氧气管。病床前站满了人，妻子宋桂娣和儿子奚浩宇一边一个站在床头的两边，李怀善等董事会人员都在。看到王学明来了，一个个仿佛盼来了主心骨，李怀善朝微闭着眼睛的奚雨生说："奚老板，学明来了。"

　　奚雨生突然睁开眼睛，精神仿佛为之一振，但中气明显不足，说："学明，你终于来了。"刚说到这儿，护士推门进来，让奚雨生服药。奚雨生朝护士说："我已经说过了，不吃药了，吃了也没用。"

　　王学明上前一步，说："奚老板，你怎么能不服药呢？你必须听医生的话。"

　　奚雨生则问道："学明，胡局长找过你了吗？"

　　王学明知道奚雨生现在想要什么，为了让他放下心来，说："找过了，我已答应了。"

"这就好！这就好！"奚雨生终于松了一口气，脸上也有了笑容。

王学明说："但你现在必须听医生的，马上服药。"

"好！好！学明，我听你的。"奚雨生嘶哑着声音说，"我现在就服药。"

在场不明就里的人，都疑惑地看看奚雨生，再看看王学明，只有李怀善心知肚明，他也终于松了一口气。

奚雨生服过药，喘了一会儿气，有气无力地说："该回家了，我不能死在医院里。"

奚雨生回家的第三天就驾鹤西去了。为奚雨生办过丧事的次日，王学明回公司走马上任。

胡局长找过王学明的那天，王学明回家后就把情况说给妻子听了，一向温情的范静雅听了一半情绪就激动起来，打断他说："学明，你真要回公司了？我不同意！"

"静雅，你先别急，听我把话说完。"王学明说到后来，特别是说到胡局长怎样做他的工作和保证他的公务员性质不变时，范静雅的情绪才开始平静下来。是啊，女人需要安全感。对范静雅来说，丈夫是家里的顶梁柱，他的责任、稳定的工作和收入就是家庭的保障，就是她的保障，这些，王学明都能理解。王学明说："静雅，我是一个工程技术人员，更是一个有理想的人，所以，应该有自己的责任和担当，请你理解和支持我的工作。"

还能说什么呢，再反对就是不支持丈夫的工作了，就是不近人情了。范静雅脸上终于有了笑容，说："好吧，既然你已经决定了，我还能说什么呢。"

阿弥陀佛，妻子终于同意了，王学明的心一下轻松了许多。

时间虽然过了五年多，但王学明走马上任的第一天，潜意识中仿佛有一种回家的感觉。

　　第一次董事会人员的会议上,当他听了大家的发言,了解到公司目前的真实情况,特别是财务科长于慧芳作了财务情况的汇报后,他的心凉了半截。在此之前,他只知道公司的情况很不乐观,哪知道资金缺口这么严重,都已经到了资不抵债的地步。他忧心忡忡,百感交集,心道,还真是接了副烂摊子。他深感责任重大,前面道路上的困难和风险绝不会比自己想象的少。但既然回来了,就要勇于面对。他要求大家团结一致,同心同德,使企业走出困境。

第二十五章

　　广厦建筑公司的广大员工都知道换了新的领导，老职工们终于松了一口气，很多人说，这下好了，王学明回来了，公司有希望了。近几年来的新职工不知道王学明的来历底细，只是抱观望态度，他们希望公司能从此走出困境。不管新职工还是老职工，他们都希望公司能从此好起来，以前拖欠他们的工资能在近期内付清。

　　一天上午，王学明上班后刚坐定，办公室一下拥进来二三十个人。三年前，奚雨生办公室外面的走廊上加了一重门，门上装有密码锁，不知道密码的人是进不了门的，总公司仅有董事会人员知道密码，所以，一般人是不能随便见到奚雨生的。王学明上任后，拆除了那重门，任何人都可以去叩门见他，甚至不敲门也能推门而入。今天那群人就是直接推门而入的。

　　王学明见一下拥进来这么多人，凭他的直觉，这些人可能为工资而来。果然，一个五大三粗的工人直接来到他的对面，粗声大嗓地说："王老板，我们已经几个月没拿到工资了，总不能饿着肚子干活吧。还有，我们的孩子要读书，家庭要开销，这都需要钱。我们也知道，欠我们的工资不是你造成的，但你既然坐了这把交椅,就应该为我们解决问题。"

话虽冲,却在理。但公司账上没钱,应收款又一时到不了账,银行已根本贷不到款,王学明没有底气,说话也就没有中气:"工人弟兄们,公司对不起你们,请你们再坚持一下。我马上想办法,一个星期内先解决欠你们工资的一半,剩下的一半也争取尽快解决。"

"听说你王老板是个守信用的人,逼你立马解决也不现实,说一个星期内先解决一半我们暂且相信你。还有一半你说尽快解决,但你也得给一个确切的时间。"那个为首的工人说。

王学明心里尽管不爽,但也只得赔着笑脸说:"好吧,一个月内解决另一半。"

"好!王老板果然爽快。打扰了,告辞。"为首的工人两手抱拳,向王学明拱了拱,然后向工人们挥挥手,带大家出了门。

讨薪的工人走后,王学明感到有点累,他两手抱住后脑勺靠在椅背上,微闭着双眼轻轻嘘了口气。刚才向工人们的承诺,还真有点威逼之下的无奈之举。他想到了城下之盟这句成语,苦笑着摇了摇头。他知道,类似这种资金上的难题将会接踵而来,绝不会就这一次。所以,得尽快想办法,如果第一个承诺不能兑现,就可能会产生蝴蝶效应。他打电话把李怀善和于慧芳叫到办公室,把刚才工人来讨薪的事向两人说了。接着他征求两人的意见,有没有好的办法能摆脱当前的困境。两人听后面面相觑,对于工人讨薪,他们已习以为常。李怀善一脸为难,也替王学明为难,心里说,还真难为你了。于慧芳动了动嘴,她想说,我们有什么办法呢,我们要是有办法,他们的工资还会拖到今天也不付吗?但她说不出口,也不忍心说,她也替王学明为难。王学明看着两人的表情,知道他们为难。他正想开口的时候,李怀善的手机响了起来。李怀善看了一眼王学明，说："我接个电话。"

李怀善接完电话，脸比刚才还阴沉。王学明已从李怀善的通话中听出了端倪，朝他说："又是为资金的事？"

"是的，一个项目经理打来的电话，说工地上的水泥和钢材快要没有了，要公司迅速想办法解决。"李怀善一脸愁云说。

"于会计，银行能否再想想办法呢？"王学明朝一言不发的于慧芳说。他知道，这也许是多此一问。

"我们公司的信誉已经出了问题，几个银行都贷不到了，除非有人担保。"于慧芳一脸为难说。

"噢。"王学明既像自言自语又像问于慧芳，说，"如果是上级领导出面打招呼行不行呢？"他想到了他的同学。他的高中同学郭敬涛已从以前分管城建的副镇长晋升为了镇长。

"也许行。"于慧芳眼睛一亮，"应该行的。"她似乎看到了希望。

王学明心里已有了打算，他朝两人说："我明天就去找郭敬涛，让他出面去找建设银行的行长，但能不能贷到，能贷多少，什么时候能贷到还是个未知数。刚才我已答应那些工人一个星期内解决一半工资，我估计，其他工人在这几天也会来讨薪。于会计你去具体核实一下，公司还欠多少应付工资，我们心里应有个数。"

李怀善听王学明去找郭敬涛，似乎也松了一口气，但他不无担心地说："要是一个星期内贷款不能下来怎么办？还有工地上急需的水泥钢材款怎么办？"

"这就是我接下来要说的。"王学明说，"我们当前的燃眉之急是要解决工人的工资。怎么解决？首先只能靠我们自己。"

李怀善插话说："王总，你的意思是我们自己集资来解决当务之急?"自从王学明回公司任一把手后,李怀善就不再对他称名道姓了。

王学明说:"是的。"李怀善说:"这当然是一个办法,但能解决多少呢?"王学明说:"能解决多少是多少,但多多益善。我们董事会人员要积极带头,要尽力而为,哪怕向亲戚朋友借。我们要想尽一切办法来渡过难关。"于慧芳说:"王总,给利息吗?"王学明说:"当然给,不给谁借给我们。你们说说,给多少利息合适。"于慧芳说:"不能低于银行贷款利息吧。"王学明说:"当然不能,但也不能太高。我认为,我们内部集资的利息与贷款利息一样,向外部借的款,付给一倍半的贷款利息。"李怀善说:"我看行。"于慧芳说:"我同意。"

王学明说:"那就这样定了。我们马上召开行政管理人员会议进行发动,时间越快越好。"

都明白,要是奚雨生在的时候用这样的方式筹集资金,说一个子儿也筹不到可能有些夸张,但响应者一定寥寥。可这次筹集资金的发起者不是奚雨生,而是王学明,所以,结果肯定会不一样。在全体行政管理人员会议上,王学明讲透了道理,并以一颗赤诚之心作了庄重承诺,说他一定会全心全意带领大家一起使公司走出困境。也幸亏多数人了解并信任王学明,而且大家也都希望公司能起死回生,能实现自己良好的愿景,所以都愿意响应公司的号召,回家与家人商量,尽力而为,出好自己的一份力。

当然要与家人商量,他王学明也要回去与妻子商量。范静雅一听丈夫要拿钱出去挽救资不抵债的公司,马上提出反对意见,说:"你辞去公职,回来扛那根烂木头我就打心眼里不同意。现在你又要拿钱去填那个坑,我不同意。"

"静雅,拿钱出去,公司可是给利息的呀。"

范静雅说:"我不眼开那些利息,钱放在银行利息虽少,但稳,有保障。你已经把工作和前途都押上了,我可不想再把家底也押上。"

王学明说:"静雅,我理解你的想法。但你想一想,我回公司是干什么的?我回来就是要救活公司的。要救活公司,首先得摆脱目前的困境。我现在面临的当务之急,是解决拖欠职工的工资和工地上急需的材料款。如果这些事不能解决,那我就不能跨出第一步,更不要说第二步,公司的一盘棋就会走成死棋。你想想,如果不能让公司起死回生,那我回来还有什么意义呢?如果公司真死在我手里,我拖枪而逃身败名裂是小事,这么大一个公司和广大职工的饭碗就是大事了。现在,公司上上下下,包括建设局和镇上的领导都在看着我,你说我的责任有多重多大。静雅,要完成我的使命担当,要实现我的人生价值,没有你的支持是不行的。"

范静雅一开始没有想得那么多、那么深,经丈夫这一说,她心动了。公司的成败和广大职工的饭碗固然是大事,对她来说,丈夫的荣誉和事业的成败何尝不是天大的事。看着这一阵子明显消瘦下去的丈夫,她心疼了。她动情地看着丈夫,说:"好吧,学明,我支持你。"

王学明家里的工作都遇到困难,何况其他人家。公司管理人员的家属都知道公司目前的状况,都担心拿出去的钱会打了水漂,尽管管理人员们都把王学明抬出来,说他怎么能干,怎么有担当,但还是有人心存顾虑。所以,集资工作不是很顺利,没有达到预期的目标。

倒是建设银行那儿,因为郭敬涛去做了工作,超出了预期的目标。

做通范静雅工作的次日，王学明去了镇上，老同学郭敬涛热情接待了他。郭敬涛边沏茶边笑着说："回来也有些日子了，怎么到今天才来看我？"

"亏你说得出口，为什么就不应该你先来看我呢？难道因为你是镇长，就应该我先来看你？"王学明以嗔怪的口气说，"你以为你动员我回来了，我好像捡了个宝贝似的，一定要上门来感谢你？你知道我现在的日子有多么难过吗？"

"怎么，今天是来问罪的还是来诉苦的？"郭敬涛把茶杯放在王学明旁边的茶几上，自己在茶几的另一侧坐下后继续说，"学明，我知道你忙，也知道你的难处。我这阵子也确实忙了点，所以没能及时来看你。这里，我一起给你赔不是了。"

奚雨生当时打电话给建设局胡局长动员王学明回建筑公司主持工作，他担心胡局长不放王学明或做不通工作，又打电话给郭敬涛，双管齐下做王学明的工作。郭敬涛一听，举双手赞成。当时他想，你奚雨生当年不是要把王学明赶尽杀绝的吗？现在死到临头了，你总算醒悟了，开窍了。老小子，算你聪明，算你还有点人性。郭敬涛心里明白，王学明真要回来了，就公司目前的状况，还真够他喝一壶的。虽然于心不忍，但他作为一镇之长，不能眼睁睁看着一个国家一级施工企业在他的眼皮底下衰败下去。所以，他还是给王学明打了电话，做了工作。

王学明说："对，你应该给我赔不是，不但要赔不是，还要给我解决困难。"

郭敬涛终于听出来了，王学明今天不是专门来看他的，也不是来问罪的，更不是来闲坐的，是来有求于他的。他笑笑说："说说看，什么困难，只要我能办到。"

"你当然能办到。"王学明开始言归正传，"敬涛，你应该知道，我现在最缺的是什么。"

"你是说钱？"

"是的！我今天来是要请你帮忙解决钱的。"王学明把公司目前的状况向郭敬涛简单地作了汇报，并把他怎样召开管理人员会议进行集资，以及集资并不理想的情况和准备让他出面去建设银行贷款的想法，一起向郭敬涛述说了一遍。

郭敬涛听后沉思良久。是啊，他王学明本来在建设局当主任当得好好的，我却帮着奚雨生动员他回来捐烂木头，现在他遇到了困难，我能不帮一把吗？"说实话，学明，我并不后悔动员你回来。凭公司现在的状况，说明叫你回来是正确的。我想，你也不会后悔的，否则，就不是你王学明了。"郭敬涛说，"今天你既然求上门来，我就不会让你无功而返。其一，我私人也尽一份绵薄之力，但我这钱也不白借给你们，这，在我老婆面前也得有个交代，可利息不能高，和你们管理人员一样。其二，贷款的事我来出面。今天中午你别走了，我马上打电话叫建行主任过来，谈好事后我私人请客，我们一起吃顿饭。"

王学明喜形于色，说："我的镇长大人，替我办事怎么要你请客，这客当然得由我来请。"

"我的王大老板，你就别跟我争了，这饭算是我为你接风，也算是我动员你回来而向你赔个不是。虽然晚了点，但诚心。"

第二十六章

集资款的钱勉强能解决拖欠工人工资款的一半，工地上材料款的事由项目经理们苦口婆心，好说歹说，同意再拖欠一个月。不到半个月，建行的贷款下来了，王学明终于松了一口气。李怀善感慨万千，心想，奚雨生走后，要不是王学明回来，这烂摊子怎么收拾呢？

一天上午，李怀善在王学明那里商量好工作后从六楼走下来。为了节约开支，王学明上任后宣布了几项规定，暂停电梯运转就是其中的一项。李怀善刚到五楼，迎面走来四个人。李怀善问为首一个剃着光头的小个子说："小山东，你们来干什么？"

小山东笑笑说："李总，我们找王老板。"

李怀善说："找王老板？找王老板干啥？"

小山东说："要材料款呗。"其他三人也跟着说，对，我们去向王老板要材料款。

李怀善一听，马上拦在小山东的前面，说："别胡闹，你们跟我来。"

四个人没办法，只得跟着李怀善去他的办公室。

四个人李怀善都认识，小山东是做水泥生意的，和公司已有多年关系了。因他个子矮小,山东人,所以大家都叫他小山东。其他三个人都是做建材生意的,是近几年才与公司有关系的,一个做砖瓦生意,一个做木材生意,一个做石灰生意,因为都是小山东介绍到公司来的,所以三人都称小山东为大哥。

来到办公室,李怀善让他们坐下说话。三个人看看小山东,见小山东在单人沙发上坐下了,他们也就挤挤掩掩在双人沙发上坐了下来。

李怀善沉着脸说:"小山东,怎么想着去向王总要钱了?"

小山东嬉皮笑脸地说:"李总,你们公司欠我们的材料款好几年了还没付清。王学明回来当老板了,听说他有钱,所以我们就来了。"

李怀善说:"欠你们好几年了不假,可那是在奚老板手里欠下的,这我都知道。奚老板都没办法付清,怎么王老板刚来,就有钱了?你们听谁说他有钱的?"

小山东说:"我们打电话问的。"

昨天,小山东去工地送水泥,听到几个工人在议论已拿到一半工资的事,就去问究竟,才知道王学明回公司当老板了。他和王学明不太熟,不敢贸然去找他,便打公司办公室的电话。胡作惠接的电话。胡作惠是办公室主任,逢年过节,小山东也会去他那里烧把香。分量虽不能和奚雨生他们比,但不会漏掉他。胡作惠一听是小山东的声音,说:"小山东,什么事?"胡作惠寻思,这小子不打我手机打座机,是否另有隐情。

小山东没想到这么巧,刚好是胡作惠接的电话。他担心胡作惠不和他说实话,所以打了办公室的座机,想随便找个人证实一下的。要知道是胡作惠接电话,就直接打他手机了。

小山东没绕弯子，说："胡主任，听说王学明回来当老板了。"

"是的，怎么啦？"

"胡主任，是不是公司有钱了？"

胡作惠说："你怎么知道公司有钱了？"

小山东说："我听工地上的工人们说已经拿到工资了，所以才知道的。"

奚雨生与王学明闹翻，与胡作惠从中搅事有很大的关系，奚雨生心知肚明，他认为胡作惠是个小人，不可重用。可看在他能办事的分儿上，奚雨生一直用着他，但只是利用，不重用。这，胡作惠也心知肚明，但这怪不了别人，总算奚雨生并没有过多为难他，所以他也就安分守己，做好自己的工作。使他没想到的是，一场重病把奚雨生带走了。他总以为李怀善会接替奚雨生的，哪知道王学明回来当了老板，他心里忐忑了好几天。他不知道王学明会不会报复他，或暗地里给他小鞋穿。一段时间后，种种迹象表明，王学明并没有为难他的意思，他的心才慢慢平静下来。可他的潜意识中总有一种担心，说不定哪一天王学明会突然找他的碴儿。所以他处处小心，脚脚谨慎，暗暗地关注着王学明怎样收拾公司这个烂摊子。

作为办公室主任，胡作惠当然知道公司目前的状况，而且这次集资他也做到了尽力而为，虽然他忌妒甚至忌惮王学明，但他又不得不佩服他的人品和才干，所以他并不担心钱会打了水漂。小山东打电话问他公司是不是有钱了。他本想说现在公司资金很困难，但他说出口的却是："我也不知道，你要去问王老板。"

"好吧，我去向他要。"

"小山东，到了王老板那儿，可不能说是我叫你去问他的。"

小山东信誓旦旦地说："胡主任，你放一百个心，我在社会上混了这么多年,不可能连这点也拎不清。"

"嗯,这就好。"胡作惠似乎放下了心。

"打电话问的?"李怀善说,"问谁的?"

"问公司办公室呗。"小山东躲躲闪闪说。

"我问你问的是谁?"李怀善猜想可能是胡作惠,脸就阴了下来,说,"是不是胡作惠?"

"啊呀李总,你就别问了。"小山东心里明白,他这回答,等于承认了问的是谁。可他不怕,承认了又怎么啦,我又没说错。只是胡作惠一时还不知道,他又一次犯了聪明反被聪明误的错误。

"好吧,我也不想问了,你们走吧,但不能去王老板那里要钱。"李怀善说,"我明确告诉你们,公司现在没钱,你们去了也白跑。小山东,你如果听我的,等公司的资金一松动,我可以建议王老板优先考虑你们的材料款,如不听我的,你们的钱就等着拖吧。"

小山东瞪大眼睛看着李怀善,结巴着说:"李总,难,难道我们今天就,就白来了?"

"没白来,至少你们知道公司目前还有困难。"李怀善说,"不过请你们放心,王老板回来了,一切都会好起来的。"

"好吧,我们相信你。"

小山东摆平了,另一个人可不干了,他从沙发上跳了起来,说:"不行,我们还得去找王老板,如果拿不到钱,我们就打官司。"

还有一个人说:"对,我们打官司,我们已经请人写好了起诉书。"

李怀善黑着脸说:"你们要打官司请便,我无权阻拦你们。"

小山东见李怀善发了火,赶快朝他们吼道:"都给我闭嘴,我们听李总的。"说完便带头走了出去。

小山东他们走后,李怀善心里狠狠地骂了一句,这个胡作惠,太不像话了!

一次,李怀善把小山东要去向王学明讨要材料款的事对胡作惠说了,虽然没有点出是他胡作惠出的点子,但旁敲侧击批评了他。胡作惠知道李怀善不会去王学明那里打他的小报告,但心里还是忐忑了好几天。他虽然恨透了小山东,但也从此夹起了尾巴,不想也不敢再招惹王学明。毕竟公司要靠他王学明翻身,自己还指望在公司能获得较好的收获呢。他心里明白,一旦公司垮了,不但自己的位子不保,饭碗还会成问题。

第二十七章

　　王学明把公司内部的工作慢慢理顺后,生活、学习、工作开始有了规律。接下来,他要把主要精力放在项目管理上了。以前企业亏损,问题大多出在项目管理上。上午,他一般都在办公室处理日常事务。下午,如没有特别的事情,他都会去工地。他要掌握项目部的真实情况,来作为调整、完善企业管理的依据。

　　一天下午两时许,王学明没有惊动任何人,他身穿深蓝色短袖衫,自己驾车来到一个施工工地。他把汽车停在工地临时用房的背阴处,从后备厢中取出安全帽,戴上后直接向施工现场走去。烈日当空,这几天秋老虎大发神威,没多时,他就汗流浃背了。

　　王学明不但要看文明施工,更要看工程质量和安全施工。现场施工员杨一帆在不远处见到王学明来了,马上来到他身边,说:"王总,这么热的天,你怎么来了。"王学明笑笑说:"这么热的天,你们不都在工作吗?"

　　杨一帆想,以前可从来没看到过奚雨生一个人到过工地。两人边走边看,来到脚手架上时,王学明发现一个工人裸露着头在砌墙,责问旁边的杨一帆:"那工人怎么没戴安全帽?"

对安全生产,王学明从来不敢马虎,他把安全生产与工程质量放在同等重要的位置,有时甚至有过之而无不及。他认为,出了质量问题,只要发现得及时,可以进行弥补。可安全生产如果出了人命,就没有重来的机会了。

杨一帆是个重面子的人,被老板当着别人的面责问,脸上就挂不住了,上去就给了那工人一脚,吼道:"你这猪脑子。你的安全帽呢?"

"杨经理,天不是太热嘛。"那工人似乎还有理由,一脸委屈地噘着嘴说。

杨一帆吼道:"还回嘴!天热就不要安全了?当心到时候脑袋上砸了个洞,连冷热都感觉不到。还不快去戴上!"

那工人放下瓦刀,悻悻地戴安全帽去了。王学明朝杨一帆说:"一帆,安全生产,人命关天,来不得半点马虎。今天这事不能就此放过,要开会,要批评教育。不但要扣那工人本月的安全奖,还要扣工地安全员本月的安全奖。"

杨一帆说:"王总,我记下了。不但要扣他们的安全奖,我本月的安全奖也要扣。您放心,今后再也不会有这种事了。"

"这就好,你去忙吧,我到其他地方去转转。"王学明离开工地后,驱车去其他施工现场。

王学明刚走,杨一帆就给就近的另一个工地的项目经理赵一诺打电话,告诉他王总一个人在检查工地,让他有个准备。

赵一诺接了杨一帆的电话没多时,王学明就到了。赵一诺头戴安全帽,手握施工图,脸上架着一副近视眼镜,一看就是个工程技术人员,他正在检查工人们砌墙的质量。赵一诺在三楼的施工现场与王学明见了面。王学明说:"我随便看看。"赵一诺见王学明满脸是汗,衣衫湿透,很是感动。两人边说话边走边看,没发现没戴安全帽的，工地上也整洁文明。王学明想，赵一诺毕竟是科班出身，管理还是有一套的。他刚想转身离开，一个砌墙砌得快的工人大概想引起别人的注意，对走近的王学明说："王老板，这么大热天的，还来检查工作？"

王学明笑笑说："你们不都在干活吗？"王学明看了一眼他砌的墙，说："这位师傅，墙砌得快可要保证质量啊。"

那工人说："王老板，你放心。不是我吹，说别的我不敢保证，要说砌墙，谁要是想胜过我，还没那么容易呢。"

话说得有点大，王学明便仔细看他砌的墙，虽然横平竖直，但他还是发现了问题。他把赵一诺叫到身边，指着那工人砌的墙说："一诺，他说他砌的墙没人能胜得过他，你看看，他砌的墙有没有问题？"

粗一看，那工人砌的墙确实横平竖直，砂浆饱满。赵一诺仔细一看，也发现了问题。他这个平时经常给别人上技术课的工程技术人员，顿觉脸上没了光彩，训斥那工人道："土豆，还吹牛！看看你砌的什么墙？"

不远处的施工班长听赵一诺在训土豆，便走了过来。施工班长也看出了问题，正想说话，却听土豆说："赵经理，我砌的墙不是很好嘛。"

赵一诺骂道："好你妈的头！"

土豆一脸苦相，说："赵经理，你骂我可以，可不能骂我妈呀。再说，我妈早就死了，你骂死人干吗？"

王学明等人听得又好气又好笑。赵一诺说："你妈也真是的，怎么生出你这种人来。你啊，活脱脱一只山里的竹笋——嘴尖皮厚腹中空。你不吹牛会烂掉你的舌头？"土豆是跟着赵一诺从原来的小建筑公司过来的。赵一诺知道他的德性。

"赵经理，我怎么啦？你又骂我妈又骂我。"平时油腔滑调惯了的土豆，见赵一诺动了怒，感到委屈。

赵一诺指着他说："你呀，我当初就不该带你过来。你看看你砌的墙，怎么这么多同缝？还嘴硬！"

土豆仔细一看，砖与砖之间确实有好多同缝，可他贼兮兮地说："赵经理，铜（同）缝不是比铁缝牢吗？"

众人听了忍不住一阵笑，赵一诺的鼻子差点没气出第三个洞来，上去就把土豆砌的墙全部推倒，大声朝他说："等会儿我找你算账，这个月的奖金你也别想拿了。赶快给我砌好，否则的话，你给我滚蛋！"

"别别别，赵经理，你怎么处理我都行，可千万别让我滚蛋。"土豆转身朝面无表情的王学明又是作揖又是求饶说，"王老板，王总，我下次再也不敢了。你可要给我说说情，不要叫我滚，我哪儿也不去，今生今世就跟定你王老板了。"

王学明听了，哭笑不得，朝土豆说："好吧，今天暂且饶过你。今后我如果再听到你有不是之处，决不轻饶。"

"王总，你放心，今天这事，算是对我的警告处分，今后以观后效。"说完，整理他的断墙残壁去了。

王学明心里觉得好笑，问赵一诺："一诺，土豆这名字不会是你给起的吧？"

赵一诺笑着说："土豆这别名还真是我给起的。他本名叫侯方，之所以叫他土豆，原因有二：一是他的头长得像土豆；二是他为人处世圆滑，但又圆得不规则，所以叫他土豆。虽然他做事有点不伦不类，可这人没坏心。"

半天工地转下来，王学明的衣衫干了湿，湿了干，他有点累了，便打道回府。

次日下午，王学明准备去较远的两个建筑工地。一时许，他来到第一个工地。工地大门敞开，也没人拦他，他放慢车速，朝门房内瞟了一眼，好像有个人伏在桌子上，应该是在打瞌睡。他心里嘀咕，这大门形同虚设。他摁了一下喇叭，然后把车开了进去。停好车，他戴上安全帽，向施工现场走去。没走几步，只见一辆卡车迎面疾驰而来，卡车后面尘土飞扬。王学明向旁边让了让，卡车经过身旁时，他用手扇了扇扑面而来的灰尘，心里斥责了一句，施工现场怎么开得这样快！他转身看了一眼，是一辆装运砖块的卡车。

　　王学明继续向前走去，发现前面的道路旁堆着一堆乱砖，大约一卡车的样子。一个管理员模样的人正从那堆乱砖旁离开，见王学明走来，迎上去说："王总你好！"

　　王学明并不认识他，说："这堆砖就是刚才开走的那辆卡车卸下的？"

　　"嗯，是的。"

　　"你是收料员？"

　　"嗯，是的。"收料员脸红了一下。

　　"你们平时都这样收料的？"

　　收料员发现王学明的脸色有些难看，开始紧张起来，支吾着说："也不全是。"

　　王学明知道收料员在搪塞敷衍他，他想发火，一想各工地的收料员可能不止他一人这样，这是奚雨生留下的弊端，一时还真不能朝他发火。可既然发现了，就不能放过。他朝收料员说："你去把项目经理给我叫来。"收料员想赶快脱身，答应一声转身就走。王学明朝他补了一句："你也一起来。"

　　"噢，好的。"收料员嘴上答应，心里却想，今天算我倒霉，怎么正好碰上了王老板。他不敢回头，悻悻地叫项目经理去了。

不一会儿，两人一前一后来了。项目经理大概知道了原因，脸色有些尴尬，和王学明打招呼说："王总，这么热的天，您辛苦了。"

王学明没有直接搭理项目经理，而是朝收料员说："你把刚才的收料单给我看看。"

收料员虽然十分不情愿，但又不得不从口袋中拿出收料单。王学明接过后看了下数字，然后朝两人说："现在，你们俩按规范要求把这堆砖码好，并清点好数字。"

项目经理倒吸一口凉气，心里叫苦不迭，这么热的天，要码好这么多砖，不热得半死也累得够呛。虽然老大不愿意，可嘴上却连连说，好的，马上码。他真想大骂一顿收料员，可以前一直是这样收料的，如真骂了，弄不好会引火烧身，所以只好自认倒霉。他见收料员磨磨蹭蹭的样子，朝他吼道："还不快码！"

等把一卡车砖全部码好，点好数，两人早已衣衫湿透，累得气喘吁吁了。除了码好的好砖，剩下的有好几十块断砖。两人望着一堆断砖，心里明白，如果不是卡车直接卸车，而是按规范人工卸车并码好，就没有这么多断砖。而且，就算那些断砖都是好砖，数字也不会满签证数的九折。两人胆怯地看了一眼王学明，准备挨训。可没想到，王学明并没有批评他们，而是心平气和地和他们算了一笔账。王学明说："如果工地上收的砖每次都只有八成左右，单砖这一项，就损失了百分之十几。再如果其他材料都是这样，你们项目部还能赚到钱吗？"王学明今天没有证据，所以没有指出这背后的猫腻。他看着两个诚惶诚恐的下属，既可恨又可怜，叹了口气说："今天我不批评你们，可今后决不能再出现这种情况！"

项目经理心里明白，今天虽然没有挨批评，可比挨了批评还难受。

他感激之余感到更加惶恐，说："王总，请你相信，我们项目部今后再也不会出现这种情况了。"

王学明沉着脸说："我暂且相信你们。"说完转身走了。

项目经理叫周谦益，是学工业与民用建筑的本科生，前年才来到广厦建筑公司的，他是冲着国家一级施工企业的名头来的。刚来公司时，他像当年的王学明一样，主动要求到工地施工。他怀着满腔热情，努力工作，进步很快，一年后当上了项目经理。可看到日益衰落的公司，他既看不到公司的前途，更看不到自己的前途在哪里，也就随大流，对项目部疏于管理了。他对王学明并不了解，尽管听人说过王学明是怎样的一个人，可他还在持观望态度，如公司还是老样子，他就另择高枝。今日一见，方知人们对王学明的评价并非虚夸，便对他肃然起敬，心里也就有了打算。

回公司的路上，王学明边开车边想，砖的事今天正巧被我撞个正着，如果我没有发现呢。砖是这样，那钢材水泥呢，黄沙石子木材呢，难道就没有这种情况？外包工的人工工资呢，难道就没有纰漏？所有这些漏洞的背后，就是吃回扣拿好处等损公肥私的丑恶勾当。正因为有了这些漏洞，再加上安全、质量上不去，所以大多数项目部赚不到钱，导致公司不能正常运转，这种现象再也不能继续下去了。王学明心里已经有了打算，他要和董事会人员一起商量，要制订一套较为完善的、职责分明、奖罚分明的规章制度，使公司的管理步入正轨。

第二十八章

一晃中秋快到了。这天上午，王学明坐在办公室考虑中秋礼物的事。这是他回公司后的第一个中秋，虽然资金紧缺，但按照传统习俗，有些礼节性的拜访还是不能少的。当他有些头疼心烦时，一个来自远方的电话打乱了他的思路。一看号码，似曾相识。正想问对方是谁时，一个清脆悦耳的声音传了过来："王主任，中秋快到了，提前祝您中秋快乐！"

原来是徐悦云，王学明心里嘀咕，我说这号码怎么这样眼熟呢。徐悦云逢年过节都会打电话向他问候，可她并不知道王学明已经回了公司，所以还称他王主任。

"小徐，我也祝您中秋快乐！近来小店生意怎么样啊？"王学明礼节性地回话。

"我们镇上今年开了家超市，离我的小店不远，所以，小店生意越来越不行了。"王学明不问还好，一问，徐悦云就诉起苦来了。

"噢，那你应该重新找份工作。"王学明随口一说。

"我正考虑这事呢。王主任，我可能还要去你们那儿，如真要来了，可能要麻烦您了。"

王学明答非所问地说:"小徐,我已不在招投标办公室工作了,回广厦建筑公司了。"徐悦云是个正直的女孩,王学明想,我应该把自己的真实情况告诉她。

"真的?"徐悦云口气夸张、惊疑,说,"您真回广厦建筑公司啦?"

王学明说:"嗯,我真回广厦建筑公司了。"

"那您回去干啥?还做副总经理?"徐悦云的情绪好像一下又低了下去。

"不是。"

"那一定是当老总了。王总,祝贺您!"徐悦云的声音又高了上去,口气充满了喜悦,接着说,"奚雨生呢,他调走了?"

"奚雨生,他因病去世了。"

"啊!真的!那真是太——"徐悦云口气欢快,可说到太字就不说下去了,大概意识到人家既然已经去世,就不应该幸灾乐祸。

"小徐,我们下次再聊,我现在正忙着。"

"好的,王总。"徐悦云的声音显得轻松愉快。

没过半个月,徐悦云拖着行李箱,来到了广厦建筑公司。她没有去找胡作惠,说实话,她有点看不起他;她也没有直接去找王学明,她不想让他感到太突然而显得唐突。她去找了于慧芳,一来她与于慧芳情同闺蜜,二来她先要在于慧芳那儿探探底,公司需不需要她这样的人,如不需要,就去其他地方,不能为难了王学明。这也是她先不去找王学明的原因之一。

于慧芳正好一个人在办公室,听到敲门声,还没来得及喊请进,徐悦云已经推门而入了。于慧芳一看是徐悦云,怀疑自己是不是看错人了还是产生了幻觉,瞪大眼睛半天也不说话。徐悦云见于慧芳一副惊愕傻愣的样子，放下行李箱，边向她奔去边说："于会计，我是徐悦云呀。"

"徐悦云，你是从天上掉下来的还是从地下钻出来的呀？"于慧芳回过神来后，赶快站起来向徐悦云迎上去，紧紧地和她拥在了一起。两人热泪盈眶，拥抱了好长时间才放开。

于慧芳让徐悦云在沙发上坐下，替她泡好茶，两人开始聊起来。

"说说看，怎么想着回来了？"于慧芳说。

徐悦云说："于姐，我们镇上今年开了家超市，我的小店开不下去了。"

"没想过到其他地方找个工作？"于慧芳说。意思很明白，怎么又回来了，这可是你的伤心之地呀。徐悦云那年回老家后没有再来，于慧芳从李怀善嘴里知道了因果。

"当然想过，但我对广厦建筑公司是有感情的，因为这里有你这个把我当闺蜜的于姐，有王学明这样有能力、有担当的老板。当然，如果奚雨生还在这里，我是绝对不会再来的。"说到这里，徐悦云脸上飘过一片红晕。

"公司的情况你都知道了？"于慧芳和徐悦云平时虽有联系，但并没有说过半年多来公司的变化。于慧芳想，那就是她从王学明那里知道的了。在平时的微信联系中，于慧芳知道徐悦云对王学明敬佩有加，而且听王学明说过，徐悦云是性情中人，是知礼节的人，逢年过节，她都会向他问候致敬。

徐悦云笑笑说："没有都知道，我只知道些皮毛。"

"那你想来干啥呢，不会还想来做保洁员吧？"于慧芳说，"再说，公司现在有保洁员。"

"做保洁员当然可以。但既然有了保洁员，只要合适，我什么都可以做。"徐悦云想,能做体面一点儿的工作当然更好。

"你会电脑吗?如会,公司文印室的阿姨马上要退休了。不过,我说了不算,要王总同意,董事会通过。"于慧芳说过就后悔了,她担心王学明会怪她多嘴,但她又确实想帮徐悦云。

"这太好了,如真能在文印室工作,就是我的造化了。我回家后去参加了电脑培训,现在能熟练操作电脑了。"徐悦云显得十分开心,"于姐,您真是我的贵人,我这就去找王总。"

于慧芳看徐悦云高兴的样子,心里为她高兴。可她想,徐悦云贸然去找王学明不好,还不如我去为她说。我去说,是建议,徐悦云自己去说,在王学明看来,就是我多嘴了。便说:"小徐,还是我去为你说吧。"

"这再好不过了。于姐,您真是我的好姐姐,太感谢您了!"徐悦云的高兴劲溢于言表。

"既然我是你的于姐,感谢的话就不说了。"于慧芳换了个话题说,"小徐,你一个人出来,有家庭了吗?"

"没有,有了我会不跟您说?"徐悦云说,"前年谈过一个,不合适,吹了。"

"能说说原因吗?"

"能,对您于姐还有什么不能说的?"徐悦云说,"我们交往一段时间后,我就对他说了我被奚雨生欺负过的事。"

"你傻瓜!"于慧芳说,"这也能说?"

"不说我心里过意不去。"徐悦云说,"今后既然要成为夫妻,我想,夫妻间应该坦诚相见才对,特别是这种事,必须说清,否则心里有阴影,对不起对方。"

"唉,你呀——"于慧芳说,"好,过去的事不说了。你也老大不小了,该找一个了。"

"嗯，这要看缘分，有合适的就谈。谢于姐关心。"

"你在这儿先坐一会儿，我现在就去王总那儿。"于慧芳言归正传说，"上午他应该在办公室的。"

于慧芳来到王学明办公室时，正好李怀善也在，于慧芳开门见山把徐悦云来找工作的事说了。王学明感到突然，说："你说徐悦云已在你办公室了？"王学明想，这个徐悦云，一定是听说他回公司了才回来的。

"是的，她现在就在我的办公室。"于慧芳说。

李怀善看看于慧芳又看看王学明，嘴动了动，想说什么，可又没说。

"她来能干什么呢？这里又不缺保洁员。"王学明嘴上这样说，心里却想，即使缺保洁员，总不能再让她来做清洁工吧。

"王总，文印室的阿姨不是马上要退休了吗？"于慧芳说完看着李怀善，意思是说，你不为我帮帮腔。

"刚才我也想到了这事，可她不是还没退休吗？"李怀善说，"还有，文印室虽然不需要文化很高的人，但要能熟练操作电脑。"

于慧芳说："我问过了，她参加过电脑培训，能熟练操作。"

两人看着王学明，等着他的表态。王学明说："徐悦云这女孩子是不错的，那年她离开公司时，明知下午就要走，而且走了今后可能永远不会再来了，可她上午还把我们的办公室和会议室全部收拾整理好了才走，单凭这一点，便可看出她的人品。至于文印室的阿姨还没走，可以让她先在那里实习、打下手，公司付给她生活费。等她正式上班了，如能胜任，我们就付给她合理的报酬。这是我的个人意见，看来你们两人已经同意了，我们明天早上开个董事会，正式讨论一下。"

他们三个都同意了，董事会上还有通不过的？于慧芳把消息透露给了徐悦云,并让她暂时不要声张。徐悦云一听,高兴得一下跳了起来,一把抱住于慧芳,说:"于姐,太感谢您了!"

于慧芳也为她高兴,说:"不要谢我,应该感谢王总。当然,也是你自己的造化,这造化来自你的人品。"

徐悦云回到广厦建筑公司的第三天,就高高兴兴地在文印室上班了。她做梦也没想到,能干上这么体面的工作。

徐悦云回公司后没出半个月,小马也来到了公司。小马担心王学明外出有事,刚到上班时间就来了。他没拐弯,直接去了王学明的办公室。王学明见是小马到访,有些意外,起身相迎,说:"小马,怎么是你?"

"王总,我想回来。"小马想表达得更直白一点,换了个词说,"王总,我是来投奔您的。"

投奔我?王学明让小马坐下说话,并为他泡了杯茶。真是奇了怪了,都说好马不吃回头草,我回来了,徐悦云也回来了。徐悦云回来是因为家乡的小店开不下去了。那么你小马呢?怎么也回来了?不会就是为了投奔我吧?王学明边坐回椅子边说:"怎么,在那边干得不顺心?"

"也不是,主要是听说您王总回来了。"小马说话有些吞吐,目光躲着王学明。

王学明见状,猜想或许另有原因。他不去其他地方,而回广厦建筑公司,倒可能是冲着他王学明来的。"小马,你说主要是听说我回来了,能说说次要原因吗?"

"王总,既然您问了,那我就真人面前不说假话。"小马鼓了鼓勇气说,"王总,我离婚了,在那边工作已没意思了。"

"噢——"王学明若有所思,说,"可离婚跟你的工作单位有什么关系呢?"

"当然有了,她是我们公司一个副总的女儿。"

"这不挺好嘛,离什么婚呀?"王学明疑惑地看着小马。

"按理是挺好,可她任性刁蛮,还动不动抬出她父亲来打压我。"小马说,"王总,您说我受得了吗?"

"噢,是这样。"王学明想,小马性格耿直,还有点自负和较真,当然不会吃那一套。"有孩子吗?"

"没有,这也是我主动提出离婚的另一个原因。没孩子,离婚就少了许多麻烦。"小马说这话时,一副轻松的样子,仿佛在说去商店退了一件货似的。

王学明说:"嗯,这事我知道了。但我不能马上答应你,还得在董事会上通过一下。你把电话号码留下,成与不成,会有人通知你的。"

小马一听,知道有戏,只是不知道王学明会给他一份什么工作。王学明要给小马续水时,小马知道该告辞了。起身说:"王总,我静候佳音。"说完,满脸堆笑地走了。

其实,当小马说到要回公司工作时,王学明就在心里给他定下了工作岗位。王学明在调整领导班子时,把生产科的钱科长提升为了抓生产的副经理,因一时找不到合适的人选,生产科长一职还由钱经理兼着。以前,生产科只设科长,没有副科长,现在先让小马任副科长,一段时间后,如行,就提他为科长。

第三天上午,小马就接到了办公室主任胡作惠的电话,让他去王学明那里报到。小马没有喜出望外,这是他意料中的事。倒是当王学明告诉他让他当生产科的副科长时,这让他甚感意外。

更让公司许多人想不到的是,半年后,小马和徐悦云喜结良缘结婚了。两人的恋爱在地下谈了两个月时,徐悦云去找于慧芳,要她做介绍人,于慧芳让她去找王学明,说王总做他们的介绍人更具分量。徐悦云满脸红晕去请王学明做介绍人时，王学明说，你去找于会计。并说："就凭你和她的关系，也应该找她。再说，这媒人的媒字，本身就是女字边旁，所以，介绍人应该女人做合适。不过，到时候你们结婚时，我可以做你们的证婚人。"徐悦云听了当然开心，高高兴兴找于慧芳去了。这是后事，暂且不表。

第二十九章

中秋后,王学明在网上看到几个建筑工程的招标信息。王学明上任以来,一直关注着这方面的信息。建筑公司要生存,首先要有业务。没有业务,什么公司要起死回生啊,要兴旺发达啊,一切都是空谈。王学明回公司后,通过招投标,中过两个工程项目的标,但工程规模都不大,对王学明来说,都属于小儿科。这次在网上看到几个大项目的招标信息,他像猎人见到大型猎物似的,两眼放光,血脉偾张。他瞄准其中三个钢管、模板等设备可以重复使用、周转利用率高的大型项目,有的放矢地去报名参加投标。他想,如果能中上这三个标,今年的跨年度工程和明年上半年的业务就饱和了。而且,如工程款能及时到位,那么,今年过年就不会出现大的问题。否则,要解决工人工资、材料款,以及陈年旧账等问题,都会出现不可预测的困难。今年是他走马上任的第一年,开局第一炮一定要打响。打响了第一炮,今后的路就能走稳走好。但当他得知其中有两个工程的竞标单位中,有以前与广厦建筑公司较量过的那个特级企业时,他的心就凉了一半。他知道那个特级企业人才济济、实力雄厚,一般企业根本不是他们的竞争对手。他想,现在既然遇上了,首先不能怯阵,必须迎难而上。报名的三个项目，如都能中标，当然是大获全胜，可在强大的对手面前，这概率几乎没有；如能中两个，也算是大胜，可这不但要靠水平，靠智慧，还要靠运气；如只能中一个，虽然略有收获，但对他王学明来说，是不能接受的；如果一个也不中，在王学明的心里，是不可能的，这点自信他是有的。

报名后，通过了资格审核，王学明亲自任公司投标小组的组长，他在技术科挑选最好的工程预决算员计算工程量。拿到招投标文件和施工图纸后，他认真研读，仔细研究。他亲自编写施工组织设计，审核标书的每一个细节。最后，在确定工程报价和安全及质量等级时，他召集包括李怀善在内的有关人员，认真讨论研究建设单位会注重什么，分析各竞标单位特别是那个特级企业的实力和会注重哪些关键节点，结合自己在招投标办公室几年的工作经验，通过反复商量研讨，然后定下报价，并要求与会者严格保密各投标数据。所有工作结束时，王学明虽然感到轻松了许多，但人也瘦了许多。范静雅见状，心疼地说："学明，工作得慢慢来，一口吃不成胖子的。"王学明说："我知道，过了这一段时间就好了。"

企盼中，终于迎来了开标时间。三个标分两天开，那个最大的工程项目安排在第一天开标，另外两个工程安排在第二天开。王学明想，如果第一个标旗开得胜，另外两个即使不中，也就算不上失败。按理，对于招投标，王学明也算是久经沙场的老手了，但这次不同。以前是他决定人家的命运，这次他及他公司的命运被别人决定。三个标能中几个，这不但关系到公司今年能否过好年，还关系到他王学明能否稳稳地跨出关键的一步。所以他紧张、激动并担心着。可他并没有把这些内心活动显示在面上。

三个投标单位的人员都按时到场。广厦建筑公司王学明亲自到场，特级企业也派出重量级人物参加。

点名，介绍工作人员，核实投标单位的营业执照、企业资质证书和工程技术人员的各种证件、证书，宣布纪律，开标。一切均按程序进行，一切都有条不紊。现场气氛严肃紧张，所有人都竖起耳朵，睁大眼睛。坐在主席台下第二排的王学明，表面平静，内心紧张，当他听到特级企业的报价数字时，他真有点不敢相信自己的耳朵，以为自己可能听错了，可看到工作人员在黑板上写上比他们的报价还低的数据时，他傻眼了。他的脑袋嗡了一下，心脏也似乎停顿了片刻。他没想到，特级企业的报价会压到允许范围的最低线，这水平也极致了，如果没有水平一流的工程预决算员，没有自信和胆量的决策者，数字不会精准到如此程度。而且，这样低的工程造价，如果没有雄厚的实力和一流的管理水平，几乎是赚不到钱的。看来，对这个工程，特级企业是抱着势在必得的决心投标的。王学明即使有这种能力和水平，也没胆量这样做。广厦建筑公司没有特级企业那样的综合实力，所以他不敢赌。在评标小组给施工组织设计评判打分时，与会者中途休息。王学明在走廊里焦躁不安地来回走动，现在只能寄希望于施工组织设计的评分了，他心里明白，这希望微乎其微，几乎不可能。等待中，结果出来了。更使王学明没有想到的是，虽然两家施工组织设计的编写水平不分伯仲，但特级企业把夜间施工和脚手架施工等均按一级企业的标准进行取费，这，估计就是冲着他王学明来的。因另外一家投标单位的工程量计算有误，成了废标，这样一来，就没有了悬念，特级企业中标。宣布中标结果时，跟王学明一起来参加开标的生技科长和项目经理等，都偷偷地侧目看王学明，见他目视前方，表情凝重，一个个赶快收回目光。今天负责开标的组长，是过去王学明手下的副主任，开标结果出来后，他的目光一直躲着王学明，好像广厦建筑公司没有中标是他的责任。

王学明有些沮丧，可以说，他是灰溜溜地打道回府的，一路上大家不发一言。快回到公司时，王学明说了句："明天的结果不知会怎样。"生技科长故作轻松地说："一个应该没问题。"意思是特级企业没参与竞标的那个项目应该没问题。

王学明下班回家后，范静雅见他闷闷不乐，知道今天没有中标，也就没有多余的话。儿子寄宿在学校，就两个人在家，吃晚饭时王学明还坐在沙发上，电视开着，可他头靠在沙发上，眼睛微闭着。范静雅把饭菜端到沙发前的茶几上，说："学明，别想了，吃饭吧。"

王学明突然坐直了身子，换了一副面孔说："好，不想了，我就不信，明天一个也不会中。"

下午二时前，王学明带着昨天的原班人马，来到了开标现场。今天，两个标一起开，所以，人员比昨天多了许多。王学明已没有了昨天没中标时的沮丧，他的神情尽量放松，他要以饱满的精神面对今天。特级企业的领头有意识地看了一眼王学明，意思好像说，老朋友，我们又见面了。王学明也正好朝他看去，微笑着对他点头打招呼。昨天王学明虽然输了，但他并不气馁，他输得服气。竞标如打仗，不但要靠实力，还要靠智慧，靠策略，靠勇气和运气。昨天那个标他们把夜间施工和脚手架施工按一级企业的标准取费而不按特级企业的标准取费，这就投了建设单位所好，这就是智慧和策略；他们把标价压到允许范围的最低，就是他们的水平和勇气。王学明想，实力也好，智慧也好，策略和勇气也好，这些元素都已写在了标书之中，已不可更改，但我们的气场和精神状态是不能输的，即使不中标，也不能让人家小瞧了我们。

两个标一起开，王学明重点关注的是与特级企业竞争的那个标。三个投标单位报的安全、质量等级一样，施工天数在一个档次内，因此得分一样。竞争的内容主要在报价和施工组织设计上。

报价出来了，开标组长看了一眼王学明，这眼神别人看不出来，可他王学明看出来了。王学明心里掠过一道光亮，仿佛大热天口渴时喝了口清香的凉茶，清爽直抵心扉。当工作人员把标底抄在黑板上时，王学明心中的石头落下了一半。今天轮到特级企业的人傻眼了，可能他们还不知错在哪里，连评标人员一时也不知问题出在哪里。

按以前的惯例，工程上的墙地砖一般都由建设单位提供，也就是平常说的甲供。可这次招标文件中没有提出来，没有提出来就应该是施工单位提供。特级企业的工程预决算人员不知是马虎了，还是没有领会招投标文件精神，或者是因为马虎而没有领会文件精神，竟没有把墙地砖的工程量算进造价中，这样一来，报的价就出现了较大的偏差。这是一个容易被疏忽的问题。特级企业犯了一个重大的低级错误。直到评审施工组织设计时，评审人员才发现了问题的所在。当特级企业的领队得知问题的症结时，气得直骂手下人糊涂。

天道酬勤，功夫不负有心人。因王学明一丝不苟的工作态度，当然还有他肩上的责任担当，这一次，他胜了。他胜得应该，胜得理所当然。

宣布竞标结果时，王学明心里的一块石头才算完全落了地。他明白，这次虽然赢了，但赢得十分艰难，如果特级企业没有那么一点儿小疏忽，这次输的，可能还是他王学明。看来，做事是来不得半点马虎的。另一家企业，还是昨天的另一家企业，得分落了一段。

另外一个工程项目，广厦建筑公司以较大的优势中标。今天，王学明心情大为舒畅，他带领手下人马，一路欢笑，得胜回公司。

第三十章

中标半个月后,王学明分别与两家建设单位签订了工程施工合同,紧接着组织施工人员和机械设备进入施工现场。两家建设单位都守信用,均按合同及时付了第一笔工程款。工程款一到账,王学明像几天没好好吃饭的饿汉突然吃了一顿饱饭,感到有了精神,有了力气,心里也踏实了许多。按施工组织设计的进度,两个工程项目的基础工程都在春节后完成,可王学明要求抢在春节前。他的如意算盘如能打成,那么,春节前还能收到两笔数字可观的工程款。这样一来,公司今年春节前后的日子就好过了,就能过一个轻松愉快的春节了。

为了实现这一目标,王学明召开了有关人员的动员会。动员会上,他与李怀善各领一个工程现场蹲点,并要求,他们两人每人每天在工地上的时间不能少于两个小时。王学明对全体与会人员说:"我今天给大家立下军令状,如果春节前完不成基础工程,我今年的工资奖金分文不要。"

王学明这样一说,李怀善就被逼到了墙角,立了同样的军令状,并说:"我要和王总来个竞赛。不但要比进度,还要比质量,比安全。"

王学明听得高兴，兴奋地说："好！我接受挑战。"

与会者一个个兴致高涨，都表态一定要好好干，保证在施工过程中认真履行自己的职责。

没有特殊情况，王学明每天吃过中饭，稍作休息后，就自己驾车往工地上跑。到了工地，他不是坐在工地办公室监督指挥，而是戴着安全帽亲临现场，有时他还和工人们一起干活，弄得项目经理等现场施工人员坐办公室的机会都很少。

一切都在紧张有序地进行着。王学明虽然瘦了、黑了，可人却变精神了。

一天上午，他正在办公室听于慧芳汇报财务情况，手机突然响了起来，一看是郭敬涛打来的，没等他开口，郭敬涛响亮的声音就传了过来："王学明！你的工人怎么要工资要到我们镇政府来了？"

王学明听后一愣，说："不会吧敬涛。你有没有搞错，是不是其他建筑公司的人？"

"他们说是广厦建筑公司的，难道我们镇上有两个广厦建筑公司？"郭镇长的语气很不客气。

"郭镇长，我马上派人来处理。"王学明紧张了起来。

"王学明，别叫我郭镇长。快派人来把你们的工人领回去并处理好。怎么搞的，给人看了影响多不好。"郭敬涛的口气缓和了些许。

王学明打电话给李怀善，叫他快去镇政府把那些讨要工资的工人领走，并问明情况赶快处理好。

一会儿李怀善打来电话说："是赵一诺项目部的十几个木工，因木工组长把他们上个月的工资款卷走了，有一个没脑子的木工煽动说，只有先闹到了镇上，才会引起公司的重视，所以就发生了今天这事。现在我把他们领回公司再说。"

王学明一听就来了火,说:"简直是胡闹!"

赵一诺的项目部有个木工组长叫胡朋。胡朋三十多岁,人长得帅,脑子聪明活络,手艺也好,缺点是好赌、好色。传说他赌钱赢多输少,而且赢大钱输小钱。还听说他与歌厅里的一个川妹子颜艳来往频繁。颜艳长得娇小玲珑,水灵得脸上能弹出水来,胡朋对她宠爱有加,百依百顺。胡朋家里有妻子儿女,按理凭他的手艺和木工组长的身份,养家糊口绰绰有余。可身边多了一个妖艳的颜艳,就仿佛多了一台吃钱的老虎机。幸亏他平时在赌桌上经常有所收获,可常在河边走,哪能不湿脚。和他常在一起赌钱的人,看自己口袋里的钱源源不断地进胡朋的腰包,便心生不服,几个人一合计,就打联手算计他。他在赌台上开始输钱了,而且越输越多,口袋里没了钱就开始借债,直到虱多不痒债多不愁时他才突然醒悟,自己被人算计了,可没有证据就不好与人家论理。他开始躲避那些债主,可躲得了和尚躲不了庙,要赌债的人经常光顾他的工地和出租屋,闹得他工作生活很不安宁。直到他答应下个月拿了工资一定还给他们时,出租屋才平静下来。那些要债的人也是猪脑子,不想想凭他一个带班的木工小组长,一个月能挣多少工资。当然,也许他们强盗发善心,认为算计了他、赢了不该赢的钱而故意放他一马。

一头暂且摆平了,一头又有了问题。因手头紧张,胡朋这阵子一直躲着颜艳,可颜艳吃用开销大手大脚惯了,还要定时给家里寄钱,少了胡朋这一头的贴补,单凭歌厅里的收入,手头就没有以前宽裕了。她一天一个电话打给胡朋,可胡朋总是以种种借口搪塞她,躲着她。她见他不理她,就三番五次光顾他的出租屋,吓得他晚上也不敢回出租屋,住在工人的集体宿舍里。这下颜艳不买账了，竟找到了工地上，吓得胡朋赶快把她领出工地。来到偏僻处，对她又是作揖又是求饶："我的小祖宗，我的小心肝，你怎么能找到工地上来呢？"

颜艳不吃他这一套，她倒竖蛾眉，怒斥道："姓胡的！我问你！你是不是想甩掉我？"

胡朋赔着笑脸说："呃呀，我的心肝宝贝，你说到哪里去了？"

颜艳阴着脸说："那你为什么老躲着我？"

胡朋无奈地说："小宝贝，不瞒你说，我这一阵子输钱了，而且还欠了一屁股债，我手头没钱，不是不好意思见你吗？"

颜艳柳眉倒竖，虎着脸说："你会输钱？骗鬼瞎子去。"

胡朋赌咒发誓说："我骗了你，就遭天打五雷轰。"

颜艳看他说得不像是假的，心想，看来今后再跟他交往下去也没有花头了，便目露凶光，说："我不管你赢了钱还是输了钱。我现在急需要一笔钱，你得给我马上解决。"

"多少？"胡朋认为也就是个平时的零用钱，所以，准备打发她了事。

"不多，就十万元。"颜艳说得风轻云淡。

"什么？颜艳，你不是在开玩笑吧？"胡朋着实吃了一惊。

颜艳撇着嘴说："谁跟你开玩笑？"

胡朋一看颜艳翻了脸，说话也就不客气，冷着脸说："凭什么要给你十万元？"

颜艳摆出一副玩世不恭的姿态，恬不知耻地说："凭什么？你说凭什么？你玩弄了我两年多，浪费了我的青春。你得赔偿我的青春损失费，十万元我还是少说的呢。"

胡朋一听，差点把鼻子气出第三个洞来。心想，除了我，你还不知和多少男人上过床呢。今天看到我穷了、没钱了，就不想和我来往了？这且不说，在我困难的时候落井下石，想趁机捞最后一把。还说我想把你甩掉呢，真是倒打一耙。

想到这儿，胡朋干脆说："我没钱。"

"这我不管，不给钱我就跟着你。"颜艳耍起了无赖。

胡朋看看僵持下去也不是个事，便换了副笑脸说："小宝贝，俗话说，一日夫妻百日恩。我们虽然不是正式夫妻，但也交往得这么久了，你总不能逼得我走绝路吧？我看这样，你开出的十万元是不现实的，我答应两万，十天之内给你。你如果不答应，我也没有办法了，你想怎么闹就怎么闹吧，我无所谓。"胡朋说完，两手抱胸，摆出一副死猪不怕开水烫的架势。

颜艳开出十万元的价是吓唬吓唬胡朋的，她知道，他已到了山穷水尽的地步，否则不会这个样子的。心想，现在也只能逼多少是多少了，而且她还做好了一个子儿也拿不到的准备，哪想到他竟答应了两万，便想见好就收。但一想，也不能就此答应了他，否则他会认为我刚才是在吓唬他。她喜在心里，怒在面上，冷冷地说："不行，至少也得三万。"说完看着他的反应。

"依你，三万就三万，十天后给你。"胡朋爽快地说。

"为什么要十天以后？"

"因为还有十天我们才发工资。"

颜艳一想今天是二十号，月底发工资，他说的可能是真话，也就信以为真，口气就缓和了许多，说："也好，到下个月的一号我来找你。"

"你不来找我，我也会来找你的。"胡朋说得真诚。

"还算有点良心。"颜艳说完，竟上前抬头在他脸上亲了一口。可她哪里知道，胡朋只是给她开了张空头支票。他答应三万，只是虚晃一枪，在玩弄小伎俩。

打发走了颜艳，胡朋终于松了一口气。这天晚上，胡朋躺在床上辗转反侧，想着怎样渡过这一关。怎么办？真的给那些债主和颜艳钱吗？不要说没有这么多钱，就是有，也不能给他们。首先，他们赢我的钱赢得不地道、不光彩，这钱能还吗？当然不能。至于颜艳，以前和她来往只是各有所需，根本没有感情基础，歌厅里的坐台小姐有几个不是为了钱？再说，平时给她的还少吗？所以，这钱也不能给。可空头支票已经开出去了，搪塞了一时，能搪塞一世吗？俗话说，躲得了初一，躲不过月半。怎么办呢？对了，三十六计，走为上策。老子走了和尚，这里的临时庙也不要了。还有一个星期发工资，拿了工资我就走人。十天以后，他们找上门来时，我早已远走他乡了。想到这里，他心里舒坦多了，很快进入了梦乡。

二十七号，胡朋把他木工班的四万多元工资捧在手里的时候，又一个念头来到他的脑海里。他想，反正我要走了，何不把这些钱一起带走呢？况且，以前几个月我拿到的钱，只是工资的一部分，项目部还欠着我的工钱呢。想到这里，他就心安理得起来。

这天，胡朋领到工资后没有再去工地，而是直接回了出租屋。他迅速把该要带走的东西全部包装好，然后出门拦了辆出租车去了火车站。到了次日，大家才发现胡朋失踪了，可谁也不知道他的去向。

胡朋班组的工人没有拿到本月的工资，他们大骂一场胡朋后找到赵一诺。赵一诺没敢把这事汇报给公司，他知道这是自己失责。王学明回公司后，为了防止出纰漏，要求项目部必须把工资直接发到每一个工人手中。赵一诺因为过分相信手下的班组长，还像以前一样，让班组长领了工资去发给手下的工人，所以才闹出了这样的丑剧。幸好，项目部还欠着胡朋的一部分工资，算下来，损失不大。可这个月木工组的工资怎么办？他不想也不敢去惊动王学明，把自己的积蓄借出来垫付又不情愿。

没拿到工资的工人每天来逼他发工资。赵一诺是个性急的人，被逼得火起，就恨得把胡朋大骂一顿，骂他忘恩负义，骂他强盗土匪。可隔空打牛，再恨再骂也无济于事。他只好敷衍工人说，过几天工程款一到，他就让财务科把工资发给大家。又过了几天见没动静，一个五大三粗、火暴性子的工人就煽动大家说，看来只有闹到了镇政府，才会引起公司的重视。

次日一早，那个工人就带着木工组的十几个人，去了镇政府的大门口。镇政府的门卫一问是广厦建筑公司的工人，马上汇报到镇长那里。郭敬涛一听，直接把电话打给了王学明。

王学明知道前因后果后，先交代财务科把那些工人的工资发掉，然后召开管理人员会议，会上狠狠地批评了赵一诺，并再一次强调，工资一定要直接发到每一个职工手里。并要求以科室和项目部为单位，定期对干部职工进行品德素质教育。

为了避免再出纰漏，而且，也该适应新的管理模式了。王学明让于慧芳去和建设银行商量，给全公司每一个员工都办好工资卡，今后发工资由财务科通过银行，直接把钱打在每一个员工的工资卡上。

第 三 十 一 章

　　王学明回公司大半年了,一晃要年终了。工作千头万绪,王学明有条不紊地忙着年终工作的时候,有时会想起那年他坐在主席台上被奚雨生当众以莫须有的罪名羞辱抨击的事。那一年的年,他过得是那么地沮丧,那么地痛苦;他也经常会想起他刚回公司时,公司的财务状况是那么地糟糕,人心是那么地涣散,自己身上的责任是那么地沉重。每每想起这些的时候,他不免会感慨万千,心里很不平静。是啊,一切都将过去了。通过他和全体员工的共同努力,公司终于慢慢走出了困境。下半年中标的两个工程项目的基础工程都按他的计划如期完成,该到的工程款均已到账。看来,今年工人的工资已不成问题,欠的材料款虽然不能按合同全部付清,但都已打好招呼。供应商们见王学明是个有责任、有担当的老板,也就看到了公司的美好前景,当然也看在今后能把生意继续做下去的分儿上,所以都能理解公司暂时的困难,答应所剩的材料款到了明年再说。

　　王学明开始准备过年的事了,资金安排、请甲方单位的有关人员吃年夜饭、给退休工人准备年货等等,事无巨细,他都要过问。每年的年终总结大会和接下来的年夜饭是广厦建筑公司的传统，王学明不能打破只能发扬光大。在写年终总结报告前，王学明一面下沉到各工地了解情况，掌握第一手资料，一面听取各条线负责人的汇报。他要充分发挥自己的写作才能，努力把总结报告写得有血有肉，生动活泼。他要把年终会议开成一个总结经验的大会，一个精神振奋的大会，一个鼓励广大干部职工砥砺奋进的大会。

这天上午，胡作惠一早就带领办公室人员去布置会议室，在给主席台上摆放茶杯的时候，他想起了那年和王学明竞选副总经理的事，想起了那年开年终总结大会时，故意放错名字牌和搬移椅子想陷害王学明的事，心里便五味杂陈。那天，虽然把王学明害得好苦，但也害得公司失去了镇人民医院的扩建工程，害得他自己也变成了奚雨生心目中的小人而一直没有得到提拔重用。更没有使他想到的是，他王学明居然回来当上了一把手。胡作惠寻思道，这世间之事还真是难以预测。他虽然心有不甘但又不得不面对现实。

下午二时许，班组长以上的所有管理人员陆续走进会议室，三点不到，该到会的对象都到齐了，董事会人员也都坐到了主席台上。王学明西装革履，蓝底红色斜纹领带，黑色皮风衣。整个人显得气宇轩昂，精神十足。他把皮风衣脱下后挂在椅背上，坐直身子，微笑着面对大家。这时，台下不知谁带头鼓起了掌，瞬间便引起一片掌声，仿佛夏天的水田中哪只青蛙叫了一声便引起蛙声一片。王学明站起身来向大家鞠了一躬，然后举起双手向下压了压。但这不但没有使掌声停下，反而引起更加热烈的掌声。王学明再次向大家鞠了一躬，掌声才慢慢停了下来。王学明喉咙有些发哽，眼眶中有些潮湿。他又想起了那年的年终会议，那年他坐在台上，心里是那么地难过，真可谓如坐针毡。今天的掌声无疑是对他的肯定,对他的褒奖,但也使他感到了身上的压力。他想,我一定不能辜负了大家的期望。

热烈的掌声,使台上的李怀善、于慧芳等人也感动得热泪盈眶。

三点整,大会正式开始。李怀善主持会议。当李怀善说有请王总作年终总结报告时,台下再次响起了雷鸣般的掌声。是啊,台上台下所有人都知道,要不是王学明回来了,公司怎么也不会有今天这样的局面。

王学明清了清嗓子,作了热情洋溢的讲话。大家听得精神振奋,对公司的未来充满信心和希望。报告中有批评,也有表扬,他表扬了公司的所有职工,表扬了与会的所有人,说没有大家的努力,公司就不能在艰难中纾困。他也批评了有些人的不作为,譬如,批评了赵一诺等人在工资发放上的失责行为。他还作了自我批评,批评自己没有早想到为大家办工资卡,造成不必要的损失和影响。最后他说:"等会儿的年夜饭,希望大家都能尽兴,但有一点我要提醒各位,凡喝酒者都不能开车,要开车回家的都不能喝酒。有车又想喝酒的人,可以把车停在公司,反正去饭店没有多少路,可以步行,也可以拼车。吃完年夜饭,离家近的步行回去,远的可以打的,可以拼车,也可以找代驾。"接下来,王学明讲述了那年吃年夜饭他酒后驾车撞人的事,他说:"那年,对喝酒不能开车还没有严格的规定,所以导致了那次事故。这是一次血的教训,今后,再也不能让这样的事情重现了。"王学明最后的话题虽然有些沉重,但他讲完后,大家再一次报以了热烈的掌声。

会议结束后,王学明带头向饭店步行而去,后面跟着包括李怀善等一大溜人。到了饭店,大家自由搭配分别就座。按惯例,主桌是董事会人员，于慧芳照例去把徐悦云拉在身旁。徐悦云一开始坚决不愿意，说自己的身份不配，于慧芳只好把王学明搬出来，说这是王总的意思，徐悦云才勉强跟着她来到了主桌。

徐悦云又想起了五年前的那顿年夜饭，那次她敬酒时简直有点放肆，她是故意要与奚雨生唱对台戏才说那些话的，反正要离开公司了，所以也不怕得罪了奚雨生。她怎么也没有想到，五年后又坐到了这一桌。可今天不一样了，今天是满怀喜悦坐在公司的最高领导们的中间，可不能随便乱讲了。她面带笑容，小心翼翼地坐在于慧芳的身旁。

她想少喝一点，可大家知道她酒量好，所以敬酒时每一次都不放过她。几杯酒下肚，她开始兴奋起来。到了自己该敬酒的时候，她端着酒杯站起来说："按理说呢，好马不吃回头草，可也许我并不是一匹好马，所以我又回来了。"

徐悦云还想说下去时，旁边的于慧芳拉了拉她的衣角，笑着说："小徐，你说什么呀，你是在单说你自己呢，还是也在说王总呀。"

徐悦云马上反应过来，她本来喝酒不上脸的，现在却闹了个大红脸，她放下酒杯，打了一下自己的脸说："看我这张臭嘴，真是该打。"等大家一阵笑过后，她尴尬地笑着说："于会计，我当然是单说我自己呀。王总怎么不是好马呢，王总是千里马，噢不对，是万里马。"

徐悦云这么一说，引得大家又是一阵大笑。王学明笑着说："小徐也学会拍马屁了。我要是能跑那么快，就变成天马了。"

徐悦云说："王总就是天马，要不然，大半年内公司会纡困脱难、发展得这么快？"

李怀善说："小徐这话可没说错，要不是王总回来，公司今年的年夜饭还不知能不能吃得香呢。"

徐悦云说:"算我第一句话说错了。可我还有一句话,也是古人说的话,叫良禽择木而栖,良臣择主而事。我虽不是良禽,也不是良臣,但我确实是奔着王总和现在的广厦建筑公司回来的。"

于慧芳说:"小徐这句话算是说对了。但我还要补充一句,也许是冥冥之中命运的安排,你如果不回来,能找到小马这样的如意郎君吗?"

王学明说:"于会计这补充算是补到点上了。就凭这,小徐得再自饮一杯。"

王学明这么一说,便引起一片叫好声。

大家吃喝着,说笑着。一会儿,其他桌上的人轮流着敬酒来了。

第三十二章

大年初五,王学明范静雅夫妇一早就被爆豆般的炮仗声闹醒了。范静雅知道丈夫今天要去参加镇上的会议,反正也睡不着了,便边起身边朝丈夫说:"学明,人家都在放炮仗求财神,等会儿你起床后也放几个炮仗,让我们家也沾沾财运。"

王学明笑着说:"你相信财神爷能求得来吗?"

范静雅说:"不管能否求得来,这是一种心愿。"

王学明也坐起来开始穿衣服,说:"这话没错。从零点到现在,求财神的爆竹声就没断过,人们的美好愿望无可非议。其实,财神爷就在每一个人的周围,在每一个人的心中。财运是靠修身修为修来的,靠积善积德积来的,靠勤奋节俭聚来的,靠真诚守信赢来的。一个人是这样,一个家庭是这样,一个企业同样是这样。静雅,你说是吗?"

"嗯,没错。你为公司出了那么大的力,今天是大年初五,希望你出门能为公司撞上财运。"范静雅打了个哈欠,伸了个懒腰,下楼准备早饭去了。

吃过早饭,王学明参加了镇上的开门红会议。郭敬涛镇长的政府工作报告中有一条说,镇人民医院设备陈旧,房屋老旧,床位不足,车位更是严重不足,已不能满足现代化管理的要求和人民群众就医看病的需求,所以要易地新建。王学明听得一下子兴奋起来,看来今天真撞上财运了。会议结束后,他没有回公司,直接来到镇人民医院找王书记。

"王总,今天怎么有空了?回来当老总这么长时间,也不说来看望我。那一年的扩建工程没有给你们公司做,是不是还记恨着我?"两人握过手,王书记边沏茶边笑着说。王书记代表镇人民医院,今天也参加了镇上的开门红会议。

"王书记,没来看望你是我的错。"王学明说,"不过,去年我实在是太忙了,还请书记大人多多包涵。今天,我就是来向你赔罪的。至于那年的扩建工程的事,怎么能怪你呢?"

"要说赔罪,你还真应向我赔罪呢。"王书记说,"为了替你打抱不平,那年的扩建改造工程没有给广厦建筑公司做,奚雨生去镇长那里告了我一状。我不但受到了镇长的严厉批评,还险些被降级调出田塍镇人民医院呢。"

王学明说:"还有这种事?哪后来怎么没走呢?"

王书记说:"镇长去市卫生局反映情况,说我吃里扒外,建议要把我调出田塍镇人民医院。因为一时没有合适的书记调来,市卫生局一直把这事拖着。镇长想再次去市卫生局建议时,他自己被一纸调令调出了田塍镇。郭敬涛做了镇长后,他出于公心,当然,也许因为有你的原因,去市卫生局建议,把我留了下来。"

王学明说:"噢,真不知道,还有这么一段故事。"

王书记说:"这都是过去的事了。为了那工程,你也受了不少冤枉气,还让你失去了副总经理的位子。不过,塞翁失马,焉知非福。你后来能进建设局工作,也算是有失有得吧。"

"对,这就应该谢谢你王书记了。"王学明说,"不管是赔罪还是致谢,今天我都得请你吃饭。"

"你上我的门,哪有你请客的道理。"王书记说,"我们言归正传,说完了我们去吃饭。说说看,今天是不是听了郭镇长的报告中提到医院易地新建的事才来的?"

王学明笑着说:"王书记是聪明人,我还真是为这事来的。"

"我就知道,没事你哪有空来我这里闲聊。"王书记说,"至于工程上的事,我还真想能帮到你,但现在建筑市场的招投标十分规范,都要通过网上报名和严格的资格审核,然后通过公平竞标才能确定施工单位。这,你比我清楚。"

王学明说:"这我知道,我今天也不是来走歪门邪道的。我只是想在资格审查的时候,你们建设单位对广厦建筑公司的信誉分能给高一点。"

"这你放心。"王书记说,"就凭你为公司的拼搏和你的人品,我们也会建议局领导这样做的。不过,其他方面我就爱莫能助了。希望你能理解,也希望届时你们能成功中标。"

"谢谢!这已经够了。王书记,我们一定会认真对待,参与公平竞争。"

图书在版编目（CIP）数据

回乡记／周清著．--北京：作家出版社，2024.3
ISBN 978-7-5212-2688-1

Ⅰ.①回… Ⅱ.①周… Ⅲ.①长篇小说-中国-当代 Ⅳ.①I247.5

中国国家版本馆CIP数据核字（2024）第010983号

回乡记

作　　者：	周　清
责任编辑：	李亚梓
书名题字：	顾建平
封面设计：	琥珀视觉
出版发行：	作家出版社有限公司
社　　址：	北京农展馆南里10号　　邮　　编：100125
电话传真：	86-10-65067186（发行中心及邮购部）
	86-10-65004079（总编室）
E-mail：	zuojia@zuojia.net.cn
http://	www.zuojiachubanshe.com
印　　刷：	唐山玺诚印务有限公司
成品尺寸：	142×210
字　　数：	175千
印　　张：	7.75
版　　次：	2024年3月第1版
印　　次：	2024年3月第1次印刷
ISBN	978-7-5212-2688-1
定　　价：	49.00元

作家版图书，版权所有，侵权必究。
作家版图书，印装错误可随时退换。